楊柳青年畫「金玉滿堂」部分——繪製於康熙年間。楊柳青是清代繪製年畫的中心，在河北省運河之旁，揚州交通極便，韋小寶可能見過這幅年畫。韋春芳在麗春院大紅之時，與圖中少婦或相彷彿，而赤身露體、雙手索物之小兒，亦依稀如韋公當年。

康熙時瓷器，五彩鏤空夔紋薰香爐。

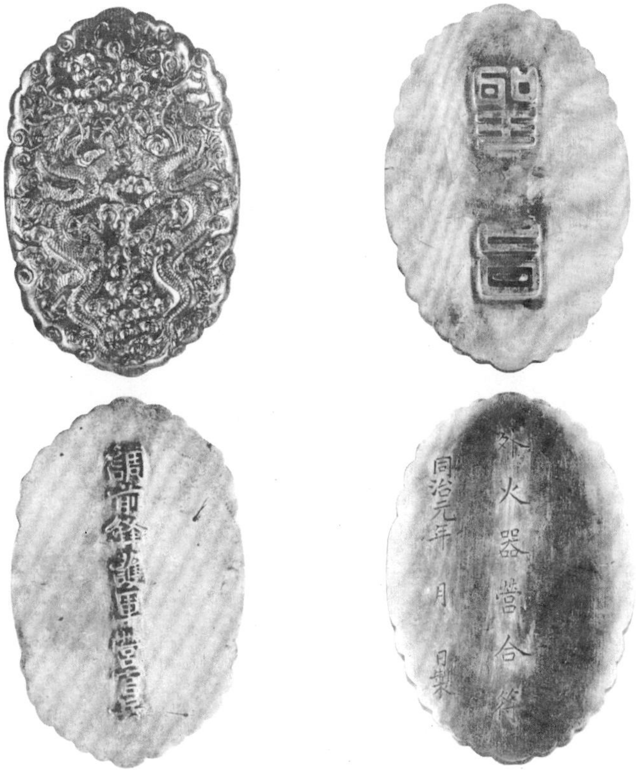

清帝調動御林軍合符——滿清皇帝調動驍騎營、前鋒護軍營等親兵，均有黃金合符，統兵都統接到合符後，和先頒者相合無訛，方奉旨辦事，以防有人假傳聖旨。

清乾清宮。

乾清宮大殿內景

太和殿皇帝寶座

乾清宮正殿「正大光明」匾額——係順治所書，康熙臨摹而製匾。

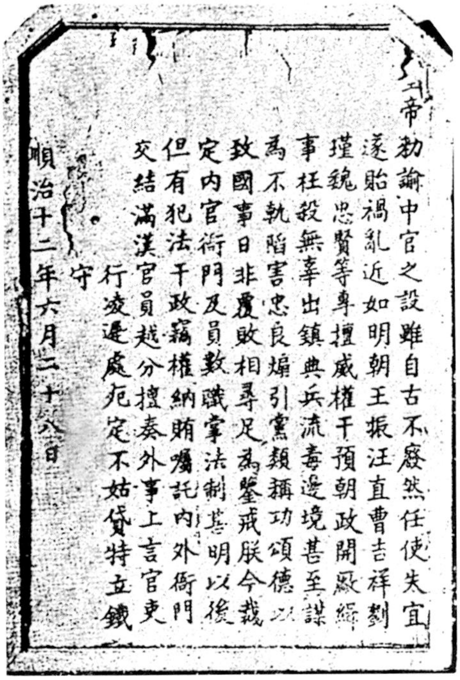

帝勅諭中官之設雖自古不廢然任使失宜
遂貽禍亂近如明朝王振汪直曹吉祥劉
瑾魏忠賢等專擅威權干預朝政開廠緝
事枉殺無辜出鎮典兵流毒邊境甚至謀
為不軌陷害忠良煽引黨類稱功頌德以
致國事日非覆敗相尋足為鑒戒朕今裁
定內官衙門及員數職掌法制甚明以後
但有犯法干政竊權納賄囑託內外衙門
交結滿漢官員越分擅奏外事上言官吏
行凌遲處死定不姑貸特立鐵
守
順治十二年六月二十八日

順治敕諭鐵牌，嚴禁太監干政。

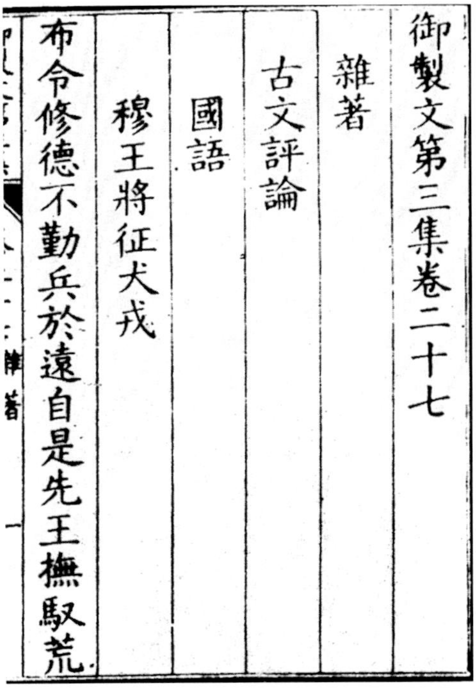

御製文第三集卷二十七
雜著
古文評論
國語
穆王將征犬戎
布令修德不勤兵於遠自是先王撫馭荒

康熙御製文集之一頁。

順治時銅錢，背面滿文為「寶源」二字，韋小寶小時用過。

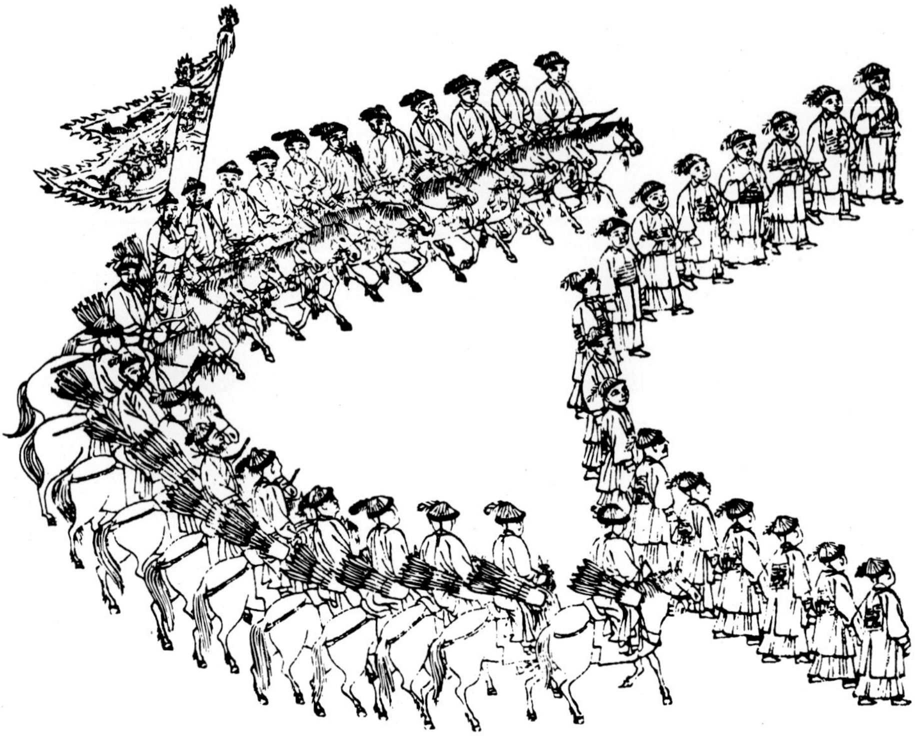

清朝皇帝出巡時的隨從及御前侍衛

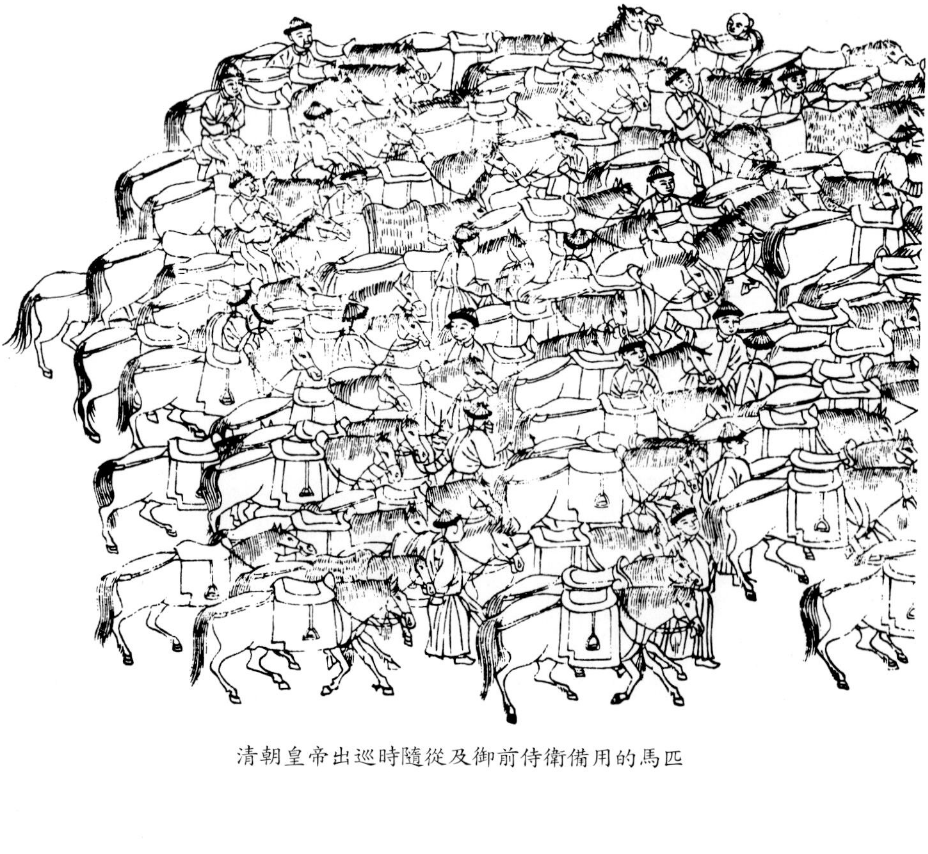

清朝皇帝出巡時隨從及御前侍衛備用的馬匹

乾清宮中的佛像掛氈。皇太后慈寧宮寢殿中的掛氈當相彷彿。

清朝武官所賜穿的黃馬褂——圖為英人戈登。韋小寶所穿者形狀相同，惟尺碼較小耳。

大字版

鹿鼎記

金庸

③宮闈絕秘

大字版金庸作品集㊵

鹿鼎記 (3)宮闈絕秘 「公元2006年金庸新修版」

The Duke of the Mount Deer, Vol. 3

作　　者／金　庸

封面設計／唐壽南　內頁插畫／姜雲行

發 行 人／王 榮 文
出版·發行／遠流出版事業股份有限公司
臺北市中山北路一段11號13樓
電話／25710297　傳真／25710197　郵撥／0189456-1

□2006年10月1日　初版一刷
□2022年3月16日　二版四刷

大字版　每冊380元（本作品全十冊，共3800元）
〔另有典藏版共36冊（不分售），平裝版共36冊，新修版共36冊，新修文庫版共72冊〕

ISBN　978-957-32-8144-3（套：大字版）
ISBN　978-957-32-8136-8（第三冊：大字版）
Printed in Taiwan

YLib 遠流博識網
http://www.ylib.com　E-mail:ylib@ylib.com

目錄

韋小寶拿近燭台照去，見這女子半爿臉染滿了鮮血，約莫十六七歲年紀，眉清目秀，容貌甚美，忍不住讚道：「原來臭小娘是個小美人兒。」小郡主道：「你別罵我師姊。」

第十一回　春辭小院離離影　夜受輕衫漠漠香

小郡主格的一笑，掀被下床，笑道：「我穴道早解開了，等了你好久，你怎麼這時候才回來？」韋小寶奇道：「誰給你解開穴道的？」小郡主道：「給點了穴道，過得六七個時辰，不用解也自然通了。我扶你上床，我可得走了。」

韋小寶大急，叫道：「不行，不行！你臉上傷痕沒好。須得再給你搽藥，才好得全。」小郡主嘻嘻一笑，說道：「你這人眞壞，說話老騙人。你幾時在我臉上刻花了？害得我躭心了半天。」韋小寶問道：「你怎麼知道？」小郡主道：「我早下床來照過鏡子，臉上甚麼也沒有。」

韋小寶見她臉上光潔白膩，塗著的豆泥、蓮蓉等物早洗了個乾淨，好生後悔：「我這麼莽撞，也沒先瞧她臉，倘若見到她洗過了臉，說甚麼也不會著了她道兒。」說道：

「你搽了我的靈丹妙藥，自然好了。否則我爲甚麼巴巴的又去給你買珍珠？我走遍了北京城的珠寶店，才給你買到這兩串好珍珠。我還買了一對挺好看的玩意兒給你。」

小郡主忙問：「是甚麼玩意兒？」韋小寶道：「你解開我穴道，我就拿給你。」小郡主道：「好！」正要伸手去給他解開穴道，忽見他眼珠轉個不停，心念一動，笑道：「險些兒又上了你當。解開你穴道，你又不許我走啦。」韋小寶忙道：「不會的，不會的。大丈夫一言既出，那個馬難追。」小郡主道：「駟馬難追！甚麼叫那個馬難追？」韋小寶道：「那個馬比駟馬跑得還要快，那個馬都追不上，駟馬自然更加追不上了。」

小郡主不知「那個馬」是甚麼馬，將信將疑，道：「那個馬難追，倒第一次聽見。」韋小寶道：「那你就學了這個乖。這玩意兒有趣得緊呢，一隻公的，一隻母的。」小郡主問道：「是小白兔嗎？」韋小寶搖頭道：「不是，比小白兔可好玩十倍。」小郡主道：「是金魚嗎？」韋小寶大搖其頭，道：「金魚有甚麼好玩？這比金魚要好玩一百倍。」小郡主又猜了幾樣玩物，都沒猜中，道：「快拿出來！到底是甚麼東西？」

韋小寶要誘她解開穴道，說道：「你一解開我穴道，我立刻便拿給你看。」小郡主搖頭道：「不行，我即刻得走，哥哥不見了我，一定心焦得很呢。」韋小寶道：「你穴道早解開了，爲甚麼不走，卻要等我回來？」小郡主道：「你好心給我買珍珠，我總得謝謝你，向你告別一聲。不聲不響的走了，不是太對不起人嗎？」

韋小寶肚裏暗笑：「原來這小娘是個小傻瓜，沐王府的人木頭木腦，果然沒姓錯了。」說道：「是啊，我躭心你一個人在這裏害怕，在街上拚命的跑，只想早些買了珍珠，可是一家一家珠寶店瞧過去，就是沒合意的，心中一急，連摔了幾個觔斗。」小郡主輕呼一聲：「啊喲！可摔痛了沒有？」韋小寶愁眉苦臉的道：「這一摔下去，剛好胸口撞在一塊大石頭上，痛得我死去活來。」小郡主道：「現下好些沒有？」韋小寶哼哼唧唧的道：「這一撞傷勢不輕，越來越痛了。你……你……你點了我穴道，不肯解開，我這……這……這一口氣……提……提……不上來……我……我……」越說聲音越低，突然雙眼上翻，眼中露出來的全是眼白，便如暈去一般，跟著凝住呼吸。

小郡主伸手探他鼻息，果然沒了氣，大吃一驚，「啊」的一聲，全身發抖，顫聲問道：「你怎麼會死了？」韋小寶斷斷續續的道：「你……點錯……點錯了我的穴道……點了我……我的……死……死穴……」小郡主急道：「不會的，不會的。師父教的點穴法子，決不會錯。我明明點了你的『靈墟』與『步廊』兩穴，還有『天池穴』。」

韋小寶道：「你……你慌慌張張的，點……點錯了，啊喲，我全身氣血翻湧，經脈倒轉，天下大亂，走……走火入……入……」小郡主道：「是走火入魔罷？」韋小寶道：「正是，走火入魔。啊喲，你怎麼這樣胡塗？點穴功夫沒練得到家，就在我身上亂七八糟的瞎點？你點的不是甚麼『天池』，甚麼『步廊』，都點了死穴，死得十拿九穩的死穴！」他不懂穴道名稱，否則早就舉了幾個死穴出來。

小郡主年紀幼小，功夫自然沒練得到家。點穴功夫原本艱難繁複，人身大穴數百，諸穴相去常只數分，慌忙之中點錯了也屬尋常。但她曾得明師指點，這三下認穴極準，勁力雖不足，穴位卻絲毫無錯，可是新學乍用，究竟沒多大自信，韋小寶又愁眉苦臉，裝得極像，她以爲眞的點錯了死穴，急道：「莫非……莫非我點了你的『膻中穴』麼？」

韋小寶道：「正是，正是『膻中穴』。你也不用難過，你……你……不是故意的，我死之後，決不怪你。閻……閻羅王問起，我決不說是你點死我的……我說我自己不小心，手指頭在自己身上一點，就點死了。」

小郡主聽他答允在閻羅王面前爲自己隱瞞，又感激，又過意不去，忙道：「快……快把穴道解了再說，或許還有救。」忙伸手在他胸口、腋下推拿。她點穴的勁力不強，只推拿得幾下，韋小寶已能行動。他呻吟了幾下，說道：「唉，已點了死穴，救不活了！」小郡主急道：「或許救得活的。我不小心點錯了，眞……眞對不起。」

韋小寶道：「我知你是好人。我死之後，在陰世裏保祐你，從早到晚，鬼魂總是跟在你身旁。」小郡主尖叫一聲，問道：「你鬼魂老是跟在我身旁？」韋小寶道：「你別害怕，我的鬼魂不會害你的。不過有個規矩，誰殺死了我，我的鬼魂就總是跟著誰。」

小郡主越想越驚，說道：「我不是故意要殺死你的。」

韋小寶嘆了口氣，問道：「小姑娘，你叫甚麼名字啊？」小郡主退了一步，道：「你問來幹甚麼？」臉上滿是驚異之色，又道：「你要到陰世裏告我，是不是？我不跟你說。」韋小寶搖頭道：「我不會告你的。」小郡主道：「那你問我名字幹甚麼？」

韋小寶道：「我知道了你名字，好在陰世保祐你啊。陰間鬼朋鬼友很多，我叫大家齊心合力的來保祐你，你不論走到那裏，幾千幾百個鬼魂都跟著你。」

小郡主嚇得大叫一聲，忙道：「不，不要！別跟著我。」韋小寶道：「那麼就單是我一個人的鬼魂跟著你行不行？」小郡主遲疑片刻，道：「你……你如不嚇我，那……那麼還不要緊。」韋小寶道：「我當然不嚇你。你白天坐著，我的鬼魂給你趕蒼蠅，晚上睡著，我的鬼魂給你趕蚊子。你悶得慌，我的鬼魂托夢給你，講很好聽很好聽的故事給你聽。」

小郡主道：「你為甚麼待我這麼好？」幽幽嘆了口氣，道：「你不死就好了。」

韋小寶道：「有一件你答允過我的事，你沒辦到，唉，我死不瞑目。」小郡主道：「甚麼事？我答允過你甚麼？」韋小寶道：「你答允過叫我三聲好哥哥，我在臨死之前聽到你叫了，那就死得眼閉了。」

小郡主出生於世襲黔國公王府，父母兄長都十分寵愛她，雖然她出世之時已國破家亡，但世臣家將、奴婢僕役，還是對這位金枝玉葉的郡主愛護得無微不至，一生之中，從沒有人騙過她、嚇過她。她出世以來所聽到的言語，可說沒半句假話，因此對韋小寶的胡說八道，初時也都信以爲眞。待見他越說越精神，說到要叫他三聲好哥哥時，眼中閃爍著狡獪的光芒，她只不過天眞善良，畢竟不是傻子，知道韋小寶在逗弄自己，退了一步，說道：「你騙人，你不會死的。」

韋小寶哈哈大笑，說道：「就算暫且不死，過幾天總要死的。」小郡主道：「過幾天也不會死。」韋小寶道：「就算過幾天不死，將來總是要死的。你不叫我這三聲好哥哥，我的鬼魂天天跟著你，不住的叫：『好——妹——妹，好——妹——妹！』」他緊逼了喉嚨，聲音拖得長長的，當眞陰風慘慘，十分可怖，又伸長舌頭，裝作吊死鬼模樣。小郡主「啊」的一聲，回身便衝出房去。

韋小寶追將出去，見她伸手去拔門閂，忙攔腰一把抱住，說道：「走不得，外面惡鬼很多。」小郡主急道：「放開手，我要回家。」韋小寶道：「走不出去的。」小郡主右手切了下去，斬他右腕。

韋小寶手掌翻轉，反拿她小臂。小郡主手肘後撤，左手握拳往韋小寶頭頂擊下。韋小寶身子後縮，避過了這一拳，卻已抱住了她小腿。小郡主一招「虎尾剪」，左掌斜削下去。韋小寶沒能避開，啪的一聲，打中他肩頭，他用力拉扯，小郡主站立不定，摔倒在地。

韋小寶趕上去要將她揪住，小郡主「鴛鴦連環腿」飛出，直踢面門。韋小寶一個打滾，又已扭住了她左臂。小郡主拳腳功夫曾得明師傳授，遠比韋小寶所學爲精，兩人若當眞比武，韋小寶決不是對手。但二人此刻只是在地下扭打，一個想逃，一個扭住她不放。這等扭撲摔跤的功夫，韋小寶卻經過長期習練，和康熙比武較量，幾達一年。海老公傳他的武功雖半眞半假，他又練得馬虎，這近身搏擊的擒拿，他畢竟還有幾下子。幾個回合下來，韋小寶胸口雖吃了兩拳，卻已抓住了小郡主右臂，拗了轉來，笑問：「投不投降？」

小郡主道：「不投降！」韋小寶抬起左膝，跪在她臂上，又問：「投不投降？」小郡主仍道：「不投降！」韋小寶手上加勁，將她反在背後的手臂向上一抬。小郡主吃痛，「啊」的一聲，哭了出來。

韋小寶和康熙比武摔跤，兩人不論痛得如何厲害，從不示弱，更無哭泣之事，只不過一到給對方制住，沒法反抗，便叫「投降」，算是輸了一個回合，重新比過。不料小郡主的作風與康熙全然不同，一輸便哭。韋小寶道：「呸！沒用的小丫頭！」放開了她。

便在此時，忽聽得窗格上喀的一聲響，韋小寶低聲道：「啊喲！有鬼！」小郡主大吃一驚，反手過來，抱住了他。

只聽得窗格上又是一響，窗子軋軋軋的推開，這一來，連韋小寶也大吃一驚，顫聲道：「眞的有鬼！」小郡主向前一撲，鑽入了床上被窩中，全身發抖。

窗子緩緩推開，有人陰森森的叫道：「小桂子，小桂子！」

韋小寶初時只道是海老公的鬼魂前來索命，但聽這呼聲是女子口音，顫聲道：「是個女鬼！」連退幾步，雙腿酸軟，坐倒在床沿上。

突然一陣勁風吹了進來，房中燭火便熄，眼前一花，房中已多了一人。那女鬼陰森森又叫：「小桂子，小桂子！閻王爺叫你去。閻王爺說你害死了海老公！」韋小寶只嚇得魂飛魄散，想說：「海老公不是我害死的。」但張口結舌，那裏說得出話來？只聽那女鬼又尖聲叫道：「閻王爺要捉你去，上刀山，下油鍋，小桂子，今天你逃不了啦！」

韋小寶聽了這幾句話，猛地發覺：「是太后，不是女鬼！」但心中的害怕絲毫不減，心道：「若是女鬼，或許還捉我不去，太后卻非殺了我滅口不可。」自從他得知太后的機密，起初常躭心她會殺了自己滅口，但一直沒動靜，時日一久，這番躭心也就漸漸淡了，只道太后信了自己，以爲自己果眞沒聽到海大富那番話；又或許以爲自己即使聽到了，也決不敢洩漏，再升了自己管御膳房，自己感激之下，一切太平無事。

他怎知道，太后所以遲遲不下手，只因那日與海老公動手，內傷極重，又見海老公重重一腳竟踢不死韋小寶，只道這小孩內功修爲了得，自己若不痊愈，功力不復，便不敢貿然行事。這等殺人滅口之事，不能假手於旁人，必須親自下手。否則的話，這小孩臨死之際說了幾句話出來，豈非壞了大事？這件事牽涉太大，別說韋小寶只是個微不足道的小太監，縱然是后妃太子、將軍大臣，只要可能與聞這件大秘密的，有一百個便殺一百，一千個便殺一千。

她已等待甚久，其時功力猶未復原，但想多躭擱一日，便多一分洩漏的危險，到這一晚實不願再等，決定下手。來到韋小寶屋外，推開窗子時聽得韋小寶說「有鬼」，便索性假裝是鬼。她不知床上尚有一人，慢慢凝聚勁力，提起右手，一步步走向床前。

韋小寶知難抗拒，身子一縮，鑽入了被窩。太后揮掌拍下，波的一聲響，同時擊中了韋小寶與小郡主，幸好隔著厚厚一層棉被，勁力已消去了大半。

太后提起手掌，第二掌又再擊下，這次運力更強，手掌剛與棉被相觸，猛覺掌心中一陣劇痛，已爲利器所傷，大叫一聲，向後躍開。

只聽得窗外有三四人齊聲大呼：「有刺客，有刺客！」太后大吃一驚：「怎地有人知道了？」她親手來殺一個小太監，決不能讓人見到，手掌又痛得厲害，不暇察看韋小寶是否已死，雙足一點，從窗中倒縱躍出。尚未落地，背後已有人雙雙襲到，太后雙掌向後揮出，使一招「後顧無憂」，左掌右掌同時擊中二人胸口。那二人直摔了出去。

只聽得鑼聲鏜鏜響起，片刻間四下裏都響起鑼聲。遠處有人叫道：「右衛第一隊、第二隊保護皇上，右衛第三隊保護太后。」跟著東首假山後有人叫道：「這邊有刺客！」

太后知道這些都是宮中侍衛，便縮身躲在花叢之側，掌心的疼痛一陣陣更加厲害了，只見影影綽綽的有七八堆人在互相廝殺，兵刃不斷碰撞，心想：「原來宮中當眞來了刺客，是海老公的朋友，還是鰲拜的舊部？」但聽得遠處傳令之聲不絕，黑暗中火把和孔明燈上的燈火明亮，四面八方聚攏。太后眼見如再不走，稍遲片刻，便難以脫身，矮著身子從花叢後躍出，急往慈寧宮而去。

只奔得數丈，迎面一人撲到，手中一對鋼錐向太后面門疾刺，喝道：「大膽反賊，竟敢到宮中搗亂。」太后微微斜身，右掌虛引，左掌向他肩頭拍出。那人沉肩避開，左手鋼錐反挑。太后向左一閃，右掌反拍，霎時間二人已拆了數招。那人口中吆喝：「好反賊，原來是個婆娘。」太后見這侍衛武藝不低，自己雖可收拾得下，但總得再拆上十來招，只怕其餘侍衛趕來，情急之下，叫道：「我是太后。」那侍衛一驚，住手問道：「甚麼？」太后道：「大膽奴才，你敢冒犯太后？」那人微一遲疑，太后雙掌齊出，砰的一聲，擊正在他胸口。那侍衛立時斃命。太后提氣躍出，閃入了花叢。

韋小寶鑽入被窩，給太后發掌擊在腰間，登時幾乎窒息，危急間拔出靴筒中匕首，在被窩中豎而向上，被窩便高了起來。太后第二掌向被窩隆起處擊落，那匕首鋒銳無比，太后這一掌勁道又極大，匕首尖立時穿過棉被，刺入掌心，直通手背。

待得太后從窗中躍出，韋小寶掀起棉被一角，只聽得屋外人聲雜亂，他當時第一個念頭是：「太后派人來捉拿我了。」從床上一躍下地，掀開棉被，說道：「咱們快逃！」

小郡主哭道：「痛……痛死我啦！」原來太后第一掌的掌力既打中了韋小寶後腰，又打中小郡主的左腿，小郡主受力較多，左腿小腿骨竟讓擊斷。

韋小寶道：「怎麼啦？」一把抓住她頸口衣服，道：「快逃，快逃！」將她拉下床來。小郡主右足先落地，只覺左腿劇痛難當，身子一側，滾倒在地，哭道：「我的……我的腿斷啦。」韋小寶情急之下，罵了出來：「小娘皮，遲不斷，早不斷……」心想老子逃命要緊，別說你一條腿斷了，就是四條腿、八條腿都斷成十七八段，老子也不放在心上，轉身搶到窗口，向外張望，只盼外面沒人，就此躍出。

一望之下，只見太后雙掌向後揮出，跟著兩人飛了起來，重重摔落，一人正好摔在他窗下，朦朦朧朧間見到這人穿著侍衛服色，心下大奇：「太后爲甚麼打宮中侍衛？」見太后閃身躲向花叢，又見數丈之外有六七人正在廝殺，手中各有兵刃，搏鬥得甚是激烈，聽得遠處有人叫道：「拿刺客，拿刺客！」韋小寶又驚又喜：「原來眞的來了刺客，卻不是來拿我。」凝目望去，見太后又在和一名侍衛相鬥。那侍衛使一對鋼錐，雖和他窗口相距已遠，仍可見到鋼錐上白光閃動。鬥得一會，太后又將那侍衛打死，飛身在黑暗中隱沒。

韋小寶回頭向小郡主瞧去，見她坐在地下，輕聲呻吟。他既知自己並無危險，心情立時大佳，走到她身前，低聲道：「痛得很厲害嗎？外邊有人要來捉你，快別作聲。」

小郡主嚇得不敢出聲，忽聽得外面有人叫道：「黑腳狗牙齒厲害，上點蒼山罷！」小郡主「咦」的一聲，道：「是我們的人。」

韋小寶奇道：「是你的朋友？你怎麼知道？」小郡主道：「他們說的是我們沐王府的暗語，快……快……扶我去瞧瞧。」韋小寶道：「他們來皇宮救你，是不是？」小郡主道：「我不知道，這裏是皇宮嗎？」韋小寶不答，心想：「他們如知這小丫頭在這裏，衝進來救人，老子雙拳難敵四手。」一伸手，牢牢按住她嘴巴，低聲恐嚇：「千萬不可出聲，給人一發覺，連你另一條腿也打斷了，我可捨不得！」

只聽外面有人「啊啊」大叫，又有人歡呼道：「殺了兩個刺客！」有人叫道：「刺客向東逃了，大夥兒快追！」人聲漸漸遠去。韋小寶放開了手，道：「你的朋友逃走啦！」小郡主道：「不是逃走！他們說上『點蒼山』，是暫時退一退的意思。」韋小寶道：「『黑腳狗是甚麼東西？」小郡主道：「黑腳狗就是淸兵。」

遠處人聲隱隱，傳令之聲不絕，顯然宮中正在圍捕刺客。

忽聽得窗下有人呻吟了兩聲，卻是女子聲音。韋小寶道：「有個刺客還沒死，我去戳她兩刀！」宮中侍衛均是男子，這呻吟的自然是刺客了。

小郡主道：「不……不要殺，或許是我們府裏的。」扶著韋小寶肩頭，站了起來，右足單腳著地，幾下跳躍，到了窗口，見窗下有兩個人，問道：「是天南地北的……」韋小寶一伸手，又按住了她嘴。窗下一個女子道：「孔雀明王座下，你……你是小郡主？」

韋小寶心想這女子已發現小郡主的蹤跡，禍事不小，提起匕首，便欲擲下，突然間右腕一緊，已給小郡主握住，跟著脅下一痛，按住她嘴巴的手也不由自主的鬆開了。

小郡主問道：「是師姊嗎？」窗下那女子道：「是我。你……你在這裏幹甚麼？」韋小寶接口道：「你奶奶的，你在這裏幹甚麼？」小郡主道：「你……你別罵她，她是我師姊。師姊，你受了傷嗎？你……你快想法子救救我師姊。師姊待我最好的。」她這幾句話分別對二人而說。窗下那女子呻吟了一聲，道：「我不要這小子救。諒他也沒救我的本事。」

韋小寶用力一掙，小郡主便鬆了手。韋小寶罵道：「臭小娘！你說我沒救你的本事？你這種第九流武功的小丫頭，哼，老子只要伸一根小指頭兒，隨手便救你媽的二三十個、七八十個。」這時遠處又響起了「捉刺客、捉刺客」的聲音。

小郡主大急，忙道：「你快救我師姊，我……我叫你三聲好……好……哥哥，好哥哥，好哥哥！」這三個字，本來她說甚麼也不肯叫，這時爲了求他救人，竟爾連叫三聲。

韋小寶大樂，說道：「好妹子，你要好哥哥做甚麼？」小郡主羞得滿臉通紅，低聲道：「求你救我師姊。」窗下那女子卻甚倔強，道：「別求他，這小子自身難保，連他自己也救不了。」韋小寶道：「哼，瞧在我好妹子份上，我偏要救你。好妹子，咱們說過了話，不許抵賴，你要我救你師姊，以後可不得改口，永遠得叫我好哥哥。」小郡主道：「叫你甚麼都成。好叔叔、好伯伯、好公公！」韋小寶道：「我只做好哥哥。叫我『公公』的人，還怕少了。」小郡主道：「是了，我永遠……永遠叫你好……好……」韋小寶道：「好甚麼？」小郡主道：「好……哥哥！」說著在他背上輕輕一推。

韋小寶跳出窗去，只見一個身穿黑衣的女子蜷著身子斜倚於地，說道：「宮裏侍衛就來捉你去了，將你斬成肉醬，做肉包子吃。」那女子道：「希罕嗎？自有人給我報仇。」韋小寶道：「你這小丫頭倒嘴硬。侍衛們先不殺你，把你衣衫脫光了，大家……大家拿你來做老婆。」那女子怒道：「你快一刀將姑娘殺了。」韋小寶笑道：「我爲甚麼殺你？我也要將你衣衫脫光了，拿你做老婆。」說著俯身去抱。那女子大急，揮掌打了他個耳光，但她重傷之餘，手上毫無勁力，打在臉上，便如輕輕一拂。

韋小寶笑道：「你還沒做我老婆，先給老公搔癢。」抱起她身子，從窗口送進去。小郡主大喜，上前將那女子接住，慢慢將她放上了床。

韋小寶正要跟著躍進房去，忽聽得腳邊有人低聲說道：「桂……桂公公，這女子是反賊……刺客，救……救她不得。」韋小寶一驚，問道：「你……你是誰？」那人道：「我……我是宮中……侍……衛……」韋小寶登時明白，他是適才給太后一掌打中的侍衛，竟然未死，他躺在地下，動彈不得，說話又斷斷續續，受傷定然極重，心想：「我若將這黑衣女子交了出去，自是一件功勞，但小郡主又怎麼辦？這件事敗露出來，那可是大禍一樁。」提起匕首，嗤的一刀，插入他胸口。那侍衛哼也沒哼，立時斃命。

韋小寶道：「這可對不住了，倘若你剛才不開口，就不會送了性命，只不過我桂公公的腦袋，在這脖子上就坐得不這麼安穩了。」又想：「左近只怕還有受傷的，說不得，只好一個個都殺了滅口。」他在周遭花叢假山尋了一遍，地下共有五具屍首，三個是宮中侍衛，兩個是外來刺客，都已氣絕身死。韋小寶抱起一具刺客的屍首，放在窗格上，頭裏腳外，跟著在屍首背後用匕首戳了幾下。

小郡主驚道：「他……他是我們王府的人，死都死了，你怎麼又殺他？」

韋小寶哼了一聲，道：「他死都死了，我就不能再殺他了。你倒殺死個死人給我瞧瞧！要救你的臭小娘師姊，只好這樣了。」

那女子躺在床上，說道：「你才臭！」韋小寶道：「你又沒聞過，怎知我臭？」那女子道：「這屋子裏就有一股臭氣。」韋小寶道：「本來很香，你進來之後才臭。」

小郡主急道：「你兩個又不相識，一見面就吵嘴，快別吵了。師姊，你怎麼到這裏來？是……是來救我麼？」那女子道：「我們不知道你在這裏。大夥兒不見了你，到處找尋，找不到……」說到這裏，已然上氣不接下氣。韋小寶道：「沒力氣說話，就少說幾句。」那女子道：「我偏要說，你怎麼樣？」韋小寶道：「你有本事就說下去。人家小郡主多麼溫柔斯文，那似你這般潑辣。」

小郡主忙道：「不，不，你不知道。我師姊是最好不過了。你別罵她，她就不會生你氣了。師姊，你甚麼地方受了傷？傷得重不重？」韋小寶道：「她武功不行，不自量力，到宮裏來現世，自然傷得極重，我看活不了三個時辰，不到天亮就翹了辮子。」小郡主道：「不會的。好……好哥……你快想法子，救救我師姊。」那女子怒道：「我寧可死了，也不要他救。小郡主，這小子油腔滑調，你爲甚麼叫他……叫他這個？」韋小寶道：「叫我甚麼？」

那女子卻不上當，道：「叫你小猴兒。」韋小寶道：「我是公猴兒，你就是母猴兒。」跟女人拌嘴吵架，他在麗春院中久經習練，甚麼大陣大仗都經歷過來的，那裏會輸給人了？那女子聽他出言粗俗無賴，便不再睬他，不住喘氣。

韋小寶提起桌上燭台，道：「咱們先瞧瞧她傷在那裏。」那女子叫道：「別瞧我，別瞧我！」韋小寶喝道：「別大聲嚷嚷，你想人家捉了你去做老婆嗎？」拿近燭台照去，只見這女子頭髮蓬鬆，半爿臉染滿了鮮血，約莫十六七歲年紀，眉清目秀，容貌甚美，忍不住讚道：「原來臭小娘是個小美人兒。」小郡主道：「你別罵我師姊，她本來就是個美人兒。」

韋小寶道：「好！我更加非拿她做老婆不可。」那女子一驚，想掙扎起來打人，但身子微微一抬，便「啊」的一聲，摔在床上。

韋小寶於男女之事，在妓院中自然聽得多了，渾不當作一回事，但說「拿她做老婆」云云，他年紀幼小，倒也從來沒起過色心，動過歹念，只是他性喜惡作劇，見那女子聽得自己說到要拿她做老婆，便大大著急，不禁甚爲得意，笑道：「你不用性急，還沒拜堂，怎能做得夫妻？你當這裏是麗春院嗎？說做夫妻就做。啊喲！你傷口流血，可弄髒了我的床。」只見她衣衫上鮮血不住滲出，傷勢著實不輕。

忽聽得一羣人快步走近，有人叫道：「桂公公，桂公公，你沒事嗎？」

宮中侍衛擊退刺客，派人保護了皇上、太后，和位份較高的嬪妃，便來保護有職司、有權力的太監。韋小寶是皇帝跟前的紅人，便有十幾名侍衛搶著來討好。

韋小寶低聲向小郡主道：「上床去。」拉過被來將二人都蓋住了，放下了帳子，叫道：「你們快來，這裏有刺客！」那女子大驚，但重傷之下，怎掙扎得起？小郡主急道：「你別嚷，別叫人來捉我師姊。」韋小寶道：「她不肯做我老婆，那有甚麼客氣？」

說話之間，十幾名侍衛已奔到了窗前。一人叫道：「啊喲，這裏有刺客。」韋小寶笑道：「這傢伙想爬進我房來，給老子幾刀料理了。」衆侍衛舉起火把，果見那人背上有幾個傷口，衣上、窗上、地下都是血跡。一人道：「桂公公受驚了。」另一人道：「桂公公受甚麼驚？桂公公武功了得，一舉手便將刺客殺死，便再多來幾個，一樣的殺了。」眾侍衛跟著討好，大讚韋小寶了得，今晚又立了大功。

韋小寶笑道：「功勞也沒甚麼，料理一兩個刺客，也不費多大勁兒。要擒住『滿洲第一勇士』鰲拜，就比較難些了。」眾侍衛自然諛詞如潮。

一名侍衛道：「施老六和熊老二殉職身亡，這批刺客當眞兇惡之極。若不是桂公公，又怎對付得了？」韋小寶道：「大家去保護皇上要緊，我這裏沒事。」一人道：「多總管率領了二百多名兄弟，親自守在皇上寢宮之前。刺客逃的逃，殺的殺，宮裏已清靜了。」

韋小寶道：「殉職的侍衛，我明兒求皇上多賞賜些撫卹，大夥兒都辛苦了，皇上必有重賞。」眾人大喜，一齊請安道謝。韋小寶心道：「又不用我花銀子賞人，幹麼不多做做好人？」說道：「眾位的姓名，我記不大清楚了，請各位自報一遍。皇上若問起今晚奮勇出力、立了大功之人，兄弟也好提上一提。」

眾侍衛更加歡喜，忙報上姓名。韋小寶記心極好，將十餘人的姓名覆述了一遍，絲毫沒錯，說道：「大夥兒再到各處巡巡，說不定黑暗隱僻的所在，還有刺客躲著，要是捉到了活口，男的重重拷打，女的便剝光了衣衫做老婆。」眾侍衛哈哈大笑，連稱：

「是，是！」

韋小寶道：「把屍首抬了去罷？」衆侍衛答應了，搶著搬抬屍首，請安而去。

韋小寶關上窗子，轉過身來，揭開棉被。小郡主笑道：「你這人眞壞，可嚇了我們一大跳……啊喲……」只見被褥上都是鮮血，她師姊臉色慘白，呼吸微弱。韋小寶道：「她傷在那裏？快給她止血。」那女子道：「你……你走開，小郡主，我……我傷在胸口。」韋小寶見她血流得極多，怕她傷重而死，不敢再逗趣，轉過了頭，說道：「傷口流血，有甚麼好看？你道是西洋鏡、萬花筒麼？小郡主，你有沒有傷藥？」小郡主道：「我沒有啊。」韋小寶道：「臭小娘身邊有沒有？」那女子道：「沒有！你……你才是臭小娘。」

只聽得衣衫簌簌之聲，小郡主解開那女子衣衫，忽然驚叫：「啊喲！怎……怎麼辦？」韋小寶回過頭來，見那女子右乳之下有個兩寸來長的傷口，鮮血兀自流個不住。小郡主手足無措，哭道：「你……你……快救我師姊……」那女子又驚又羞，顫聲道：「別……別讓他看。」韋小寶道：「呸，我才不希罕看呢。」見她血流不止，也不禁驚慌，四顧室中，要找些棉花布片給她塞住傷口，一瞥眼，見到藥缽中大半缽「蓮蓉豆泥蜜糖珍珠糊」，喜道：「我這靈丹妙藥，很能止血。」撈起一大把，抹在她傷口上。

這蜜糊黏性甚重，黏住了傷口，血便止了。韋小寶將鉢中的蜜糊都敷上了她傷口，自己手指上也都是蜜糊，見她椒乳顫動，這小頑童惡作劇之念難以克制，順手反手，便都抹在她乳房上。那女子又羞又怒，叫道：「小……小郡主，快……快給我殺了他。」小郡主解釋：「師姊，他給你治傷呢！」

那女子氣得險些暈去，苦於動彈不得。韋小寶道：「你快點了她穴道，不能讓她亂說亂動，否則流血不止，性命交關。」小郡主應道：「是！」點了那女子小腹、脅下、腿上幾處穴道，說道：「師姊，你別亂動！」這時她自己斷腿處也痛得不可開交，眼眶中淚水不住滾來滾去。韋小寶道：「你也躺著別動。」記得幼時在揚州與小流氓打架，有人跌斷手臂，跌打醫生用夾板夾住斷臂，敷以草藥。當下扶正她斷腿，拔出匕首，割下兩條凳腳，夾在她斷腿之側，牢牢用繩子縛緊，心想：「這傷藥卻到那裏找去？」

一凝思間，已有了主意，向小郡主道：「你們躺在床上，千萬不可出聲。」放下帳子，吹熄了燭火，拔門出門。小郡主驚問：「你……你去那裏？」韋小寶道：「去拿藥治你的腿。」小郡主道：「你快回來。」韋小寶道：「是了。」聽小郡主說話的語氣，竟將自己當作了靠山，不禁大是得意。他反手帶上了門，一想不妥，又推門進去，上了門閂，從窗中躍出，關上了窗子。這樣一來，宮中除了太后、皇上，誰也不敢擅自進他屋子了。

他走得十幾步，只覺後腰際隱隱作痛，心想：「皇太后這老婊子下毒手打我，在宮中再躭下去，老子遲早老命難保，還是儘早溜之大吉的爲妙。」

他向有火光處走去，見幾名侍衛正在巡邏。侍衛一見到他，搶著迎上。韋小寶問道：「宮裏侍衛兄弟有多少人受傷？」一人道：「回公公：有七八人重傷，十四五人輕傷。」韋小寶道：「在那裏治傷？帶我去瞧瞧。」衆侍衛齊道：「公公關心侍衛兄弟，大夥兒沒一個不感激。」便有兩名侍衛領路，帶著韋小寶到衆侍衛駐守的宿衛值班房。

二十來名受傷的侍衛躺在廳上，四名太醫正忙著給衆人治傷。

韋小寶上前慰問，不住誇獎衆人，爲了保護皇上，奮不顧身，英勇殺敵，一一詢問傷者姓名。衆侍衛登時精神大振，似乎傷口也不怎麼痛了。韋小寶問道：「這些反賊是那一路的？是鰲拜那廝的手下嗎？」一名侍衛道：「似乎都是漢人。不知捉到活口沒有？」

韋小寶詢問衆侍衛和刺客格鬥的情形，眼中留神觀看太醫用藥。衆侍衛有的受了刀槍外傷，有的受了拳掌內傷，又或是斷骨挫傷。韋小寶道：「這些傷藥，我身邊都得備上一些，倘若宮中侍衛兄弟們受了傷，來不及召請太醫，我好先給大夥兒治治。哼，這些刺客窮凶極惡，天大的膽子，今天沒一網打盡，難保以後不會再來。」

幾名侍衛都道：「桂公公體恤侍衛兄弟，眞想得周到。」

韋小寶說道：「剛才我受三名刺客圍攻，我殺了一名，另外兩個傢伙逃走了，可是我後腰也給刺客重重打了一掌，這時兀自疼痛。」心道：「老婊子來行刺老子，難道不是刺客？老子這一次可沒說謊。」四名太醫一聽，忙放下衆侍衛，一齊過來，解開他袍子察看，果見後腰有老大一塊烏青，忙調藥給他外敷內服。

韋小寶叫太醫將各種傷藥都包上一大包，揣在懷裏，問明了外敷內服的用法，再取了兩塊敷傷用的夾板，又誇獎一陣，慰問一陣，這才離去。

他見識幼稚，說話亂七八糟，殊不得體，誇獎慰問之中夾著不少市井粗口。衆侍衛雖出身宗室貴族，但大都是粗魯武人，對於「奶奶、十八代祖宗」原就不如何看重，本來給刺客打傷，自覺藝不如人，待見皇上最寵幸的桂公公也因與刺客格鬥而受傷，沮喪之餘，忽蒙桂公公誇獎，那等於是皇上傳旨嘉勉，就算給他大罵一頓，心中也著實受用，何況是讚得天花亂墜？這一下當眞心花怒放，恨不得身上傷口再加長加闊幾寸。

韋小寶回到自己屋子，先在窗外側耳傾聽，房中並無聲息，低聲道：「小郡主，是我回來了。」他生怕貿然爬進窗去，給那女子砍上一刀，刺上一劍，懷中那幾大包傷藥可得自己先用了。小郡主喜道：「嗯，我等了你好久啦。」韋小寶爬入房中，關上窗，點亮蠟燭，揭開帳子，見兩個少女並頭而臥。那女子與他目光一觸，立即閉上了眼。小郡主卻睁著一雙明亮澄澈的眼睛，目光中露出欣慰之意。

韋小寶道：「小郡主，我給你敷傷藥。」小郡主道：「不，先治我師姊。請你將傷藥給我，我替她敷。」韋小寶道：「甚麼你啊我的，叫也不叫一聲。」小郡主澀然一笑，問道：「你到底叫甚麼名字？我聽他們叫你桂公公。」韋小寶道：「桂公公是他們叫的，你叫我甚麼？」小郡主微微閉眼，低聲道：「我心裏……心裏可以叫你好……好哥哥，嘴上老是叫著，這可不……不……好。」韋小寶道：「好，咱們通融一下，有人在旁的時候，我叫你小郡主，你叫我桂大哥。沒人時，我叫你好妹子，你叫我好哥哥。」

小郡主還沒答應，那女子睜眼道：「小郡主，肉麻死啦，他討你便宜，別聽他的。」

韋小寶道：「哼，又不是要你叫，要你多管甚麼閒事？你就叫我好哥哥，我還不要呢。」小郡主問道：「那你要她叫你甚麼？」韋小寶道：「除非要她叫我好老公、親親老公。」那女子臉上一紅，隨即現出鄙夷之色，說道：「你想做人家老公，來世投胎啦。」小郡主道：「好啦，好啦，你兩個又不是前世冤家，怎地見面就吵？桂大哥，請你給我傷藥。」韋小寶道：「我先給你敷藥。」揭開被子，捲起小郡主褲管，拆開用作夾板的凳腳，將跌打傷藥敷在小腿折骨之處，然後將取來的夾板夾住傷腿，緊緊縛住。小郡主連聲道謝，甚是誠懇。

韋小寶道：「我老婆叫甚麼名字？」小郡主一怔，道：「你老婆？」見韋小寶向那女子一努嘴，微笑道：「你就愛說笑，我師姊姓方，名叫……」那女子急道：「別跟他說。」韋小寶聽到她姓方，登時想起沐王府中「劉白方蘇」四大家將來，便道：「她姓方，我當然知道。甚麼聖手居士蘇岡，白氏雙木白寒松、白寒楓，都是我的親戚。」

小郡主和那女子聽得他說到蘇岡與白氏兄弟的名字，都大爲驚奇。小郡主道：「怎麼他們都是你的親戚？」韋小寶道：「劉白方蘇，四大家將，咱們自然是親戚。」小郡主更加詫異，道：「眞想不到。」那女子道：「小郡主，別信他胡說。這小孩兒壞得很。他不是我親戚，有了這種親戚才倒霉呢。」

韋小寶哈哈大笑，將傷藥交給小郡主，俯嘴在她耳邊低聲道：「好妹子，你悄悄的跟我說，她叫甚麼名字？」但兩個少女併枕而臥，韋小寶說得雖輕，還是給那女子聽見了，她急道：「別說。」韋小寶笑道：「不說也可以，那我就要親你一個嘴。先在這邊臉上香一香，再在那邊香一香，然後親一個嘴。你到底愛親嘴呢，還是愛說名字？我猜你一定愛親嘴。」燭光下見那女子容色艷麗，衣衫單薄，鼻中聞到淡淡的一陣陣女兒體香，心中大樂，說道：「原來你果然是香的，這可要好好的香上一香了。」

那女子沒法動彈，給這憊懶小子氣得鼻孔生煙，幸好他年紀幼小，適才聽了衆侍衛的言語，又知他是個太監，只不過口頭上頑皮胡鬧，不會有甚麼眞正非禮之行，倒也並不如何驚惶，見他將嘴巴湊過來眞要親嘴，忙道：「好，好，說給這小鬼聽罷！」

小郡主笑了笑，說道：「我師姊姓方，單名一個『怡』字，『心』字旁一個『台』

字的『怡』。」韋小寶根本不知「怡」字怎生寫法，點了點頭，道：「嗯，這名字馬馬虎虎，也不算很好。小郡主，你又叫甚麼名字？」小郡主道：「我叫沐劍屏，是屏風的屏，不是浮萍的萍。」韋小寶自不知這兩個字有甚麼區別，說道：「這名字比較好些，不過也不是第一流的。」

方怡道：「你的名字定是第一流的了，尊姓大名，卻又不知如何好法？」

韋小寶一怔，心想：「我的眞姓名不能說，小桂子這名字，似乎也沒甚麼精采。」便道：「我姓吾，在宮裏做太監，大家叫我『吾老公』。」

方怡冷笑道：「吾老公，吾老公，這名字倒挺……」說到這裏，登時醒覺，原來上了他的大當，呸的一聲，道：「瞎說！」

小郡主沐劍屏道：「你又騙人，我聽得他們叫你桂公公，不是姓吾。」韋小寶道：「男人就叫我桂公公，女人都叫我吾老公。」方怡道：「我卻知道你叫甚麼名字。」韋小寶微微一驚，忙問：「你怎知道？」方怡道：「我知道你姓胡，名說，字八道！」

韋小寶哈哈一笑，見方怡說了這一會子話，呼吸又急促起來，便道：「好妹子，你給她敷藥罷，別痛死了她。我吾老公就只這麼一個老婆，這個老婆一死，第二個可就娶不起了。」

沐劍屏道：「師姊說你胡說八道，果然不錯。」放下帳子，揭開被給方怡敷藥，問道：「桂大哥，你先前敷的止血藥怎麼辦？」韋小寶道：「血止住了沒有？」沐劍屏道：「止住了。」原來蜜糖一物頗具止血之效，黏性又強，黏住了傷口，竟不再流血，至於蓮蓉、豆泥等物雖無藥效，但堆在傷口之上，也有阻血外流之功。

韋小寶大喜，道：「我這靈丹妙藥，靈得勝過菩薩的仙丹，你這可相信了罷。其中許多珍珠粉末，塗在她胸口，將來傷愈之後，她胸脯好看得不得了，有羞花閉月之貌，只可惜只有我兒子才瞧得見。」沐劍屏嗤的一笑，道：「你眞說得有趣。怎麼只有你兒子才……」韋小寶道：「她餵我兒子吃奶，我兒子自然瞧見了。」方怡呸的一聲。

沐劍屏睜著圓圓的雙眼，卻不明白，方師姊爲甚麼會餵他兒子吃奶。

韋小寶道：「把這些止血靈藥輕輕抹下，再敷上傷藥。」沐劍屏答應道：「嗷！」

便在此時，忽聽得門外有人走近，一人朗聲說道：「桂公公，你睡了沒有？」韋小寶道：「睡了，是那一位？有事明天再說罷！」門外那人道：「下官瑞棟。」

韋小寶吃了一驚，道：「啊！是瑞副總管駕到，不知有……有甚麼事？」

瑞棟是御前侍衛的副總管，韋小寶平時和衆侍衛閒談，各人都讚這位瑞副總管武功了得，僅次於御前侍衛總管多隆，是侍衛隊中一位了不起的人物。他近年來常在外公幹，韋小寶卻沒見過。

瑞棟道：「下官有件急事，想跟公公商議。驚吵了桂公公安睡。」韋小寶尋思：「他半夜三更的來幹甚麼？定是知道我屋裏藏了刺客，前來搜查，那可如何是好？我如不開門，看來他定會硬闖。這兩個小娘又都受了傷，逃也來不及了。只好隨機應變，騙了他出去。」瑞棟又道：「這件事干係重大，否則也不敢來打擾公公清夢了。」

韋小寶道：「好，我來開門。」鑽頭入帳，低聲道：「千萬別作聲。」走到外房，帶上了門，硬起頭皮打開大門。只見門外站著一條大漢，身材魁梧，自己頭頂還未及到他項頸。瑞棟拱手道：「打擾了，公公勿怪。」

韋小寶道：「好說，好說。」仰頭看他臉色。見他臉上既無笑容，亦無怒色，不知他心意如何，問道：「瑞副總管有甚麼要緊事？」卻不請他進屋。瑞棟道：「適才奉太后懿旨，說今晚有刺客闖宮犯駕，大逆不道，命我向桂公公查問明白。」

韋小寶一聽到「太后懿旨」四字，便知大事不妙，說道：「是啊！我也正要向你查問個明白呢。剛才我去向皇上請安，皇上說道：『瑞棟這奴才可大膽得很了，他一回到宮中，哼哼……』」

瑞棟大吃一驚，忙問：「皇上還說甚麼？」

韋小寶和他胡言亂語，原是拖延時刻，設法脫身逃走，見一句話便誘得他上鉤，便道：「皇上吩咐我天明之後，立刻向衆侍衛打聽，到底瑞棟這奴才勾引刺客入宮，是受了誰指使？有甚麼陰謀，同黨還有那些人？跟鰲拜有甚麼牽連？」

瑞棟更加吃驚，顫聲道：「皇……皇上怎麼說……說是我勾引刺客入宮？是那個奸徒向皇上謊報？這……這不是天大的冤枉麼？」

韋小寶道：「皇上吩咐我悄悄查明，又說：『瑞棟這奴才聽到了風聲，必定會來殺你，你可得小心了。』我說：『皇上萬安，諒瑞棟這奴才便有天大膽子，也決不敢在宮中行兇殺人。』皇上道：『哼，那可未必。這奴才竟敢勾引刺客入宮，要不利於我，還有甚麼事做不出？』」

瑞棟急道：「你……你胡說！我沒勾引刺客入宮，皇上……皇上不會胡亂冤枉好人。今晚我親手打死了三名刺客，許多侍衛兄弟都親眼見到的。皇上儘可叫他們去查問。」說著額頭突起了青筋，雙手緊緊握住了拳頭。

韋小寶心想：「先嚇他一個魂不附體，手足無措，挨到天明，老子便逃了出宮。那小郡主和方怡又怎麼辦？哼，老子泥菩薩過江，自身難保，逃得性命再說，管她甚麼小郡主、老郡主，方怡、圓怡？老子假太監不扮了，青木堂香主也不幹了，拿著四五十萬兩銀子，到揚州開麗夏院、麗秋院、麗冬院去。」說道：「這麼說來，那些刺客不是你勾引入宮的了？」

瑞棟道：「自然不是。太后親口說道，是你勾引入宮的。太后吩咐我別聽你花言巧語，一掌斃了便是。」韋小寶道：「這恐怕你我二人都受了奸人的誣告。瑞副總管，你不用躭心，我去向皇上跟你分辯分辯。只要眞的不是你勾引刺客，皇上年紀雖小，卻十分英明，對我又挺信任，這件事自能水落石出。」

瑞棟道：「好，多謝你啦！你這就跟我見太后去。」

韋小寶道：「深更半夜，見太后去幹麼？我還是乘早去見皇上的好，只怕這會兒已有人奉旨來拿你了。瑞副總管，我跟你說，侍衛們來拿你，你千萬不可抵抗，倘若拒捕，罪名就不易洗脫了。」

瑞棟臉上肌肉不住顫動，怒道：「太后說你最愛胡說八道，果然不錯。我沒犯罪，爲甚麼要拒捕？你跟我見太后去罷！」

韋小寶身子一側，低聲道：「你瞧，捉你的人來啦！」瑞棟臉色大變，轉頭去看。韋小寶一轉身，便搶進了房中。

瑞棟轉頭見身後無人，知道上當，急追入房，縱身伸手，往韋小寶背上抓去。

其實韋小寶一番恐嚇，瑞棟心下甚爲驚惶，倘若韋小寶堅持要帶他去見皇帝，瑞棟多半不敢強行阻攔。但韋小寶房中藏著兩個女子，其中一人確是進宮犯駕的刺客，只道事已敗露，適才太后又曾親自來取他性命，那裏敢去見皇帝分辯？騙得瑞棟一回頭，立即便奔逃入房，只盼能穿窗逃走。他想御花園中到處是假山花叢，黑夜裏躲將起來，卻也不易捉到。不料瑞棟身手敏捷，韋小寶剛踏進房門，便即追了進來。

韋小寶竄入房後，縱身躍起，踏上了窗檻，正欲躍出，瑞棟右掌拍出，一股勁風，撲向他背心。韋小寶腿彎一軟，摔了下來。瑞棟左手探出，抓向他後腰。韋小寶施展擒拿手法，雙掌奮力格開，但人小力弱，身子一晃，撲通一聲，摔入了大水缸中。這水缸原是海老公治傷之用，海老公死後，韋小寶也沒叫人取出。

瑞棟哈哈大笑，伸手入缸，一把卻抓了個空，原來韋小寶已縮成一團。但這水缸能有多大，再抓一次，終於抓住他後領，濕淋淋的提將上來。

韋小寶一張嘴，一口水噴向瑞棟眼中，跟著身子前縱，撲入他懷中，左手摟住他頭頸。

瑞棟大叫一聲，身子抖了幾下，抓住韋小寶後領的右手慢慢鬆了，他滿臉滿眼是水，眼睛卻睜得大大的，臉上盡是迷惘驚惶，喉頭咯咯數聲，想要說話，卻說不出話來。只聽得嗤的一聲輕響，一把短劍從他胸口直劃而下，直至小腹，剖了一道長長的口子。

瑞棟睜眼瞧著這把短劍，可不知此劍從何而來。他自胸至腹，鮮血狂迸，突然之間，身子向後倒下，直至身亡，仍不知韋小寶用甚麼法子殺了自己。

韋小寶嘿的一聲，左手接過匕首，右手從自己長袍中伸了出來。原來他摔入水缸，一縮身間，已抽出匕首，藏入長袍，刀口向外。他一口水噴得瑞棟雙目難睜，跟著縱身向前，抱住了他，這把削鐵如泥的匕首已刺入他心口。倘若當眞相鬥，十個韋小寶也不是他對手，但倉卒之間，奇變橫生，赫赫有名的瑞副總管竟爾中了暗算。

韋小寶和瑞棟二人如何搶入房中，韋小寶如何摔入水缸，方怡和沐劍屏隔著帳子都看得清清楚楚，但瑞棟將韋小寶從水缸中抓了出來，隨即遭殺，韋小寶使的是甚麼手法，方沐二女卻都莫名奇妙。

韋小寶想吹幾句牛，說道：「我……我……這……這……」只聽得自己聲音嘶啞，竟說不出話來，適才死裏逃生，已嚇得六神無主。

沐劍屏道：「謝天謝地，你……居然殺了這韃子。」方怡道：「這瑞棟外號『鐵掌無敵』，今晚打死了我沐王府的三個兄弟。你爲我們報了仇，很好，很好！」

韋小寶心神略定，說道：「他是『鐵掌無敵』，就是敵不過我韋……桂公公、吾老公。我是第一流的武學高手，畢竟不同。」伸手到瑞棟懷中去掏摸，摸出一本寫滿了小字的小册子，又有幾件公文。

韋小寶也不識得，順手放在一旁，忽然觸到他後腰硬梆梆的藏著甚麼物件，用匕首割開袍子，見是一個油布包袱，說道：「這是甚麼寶貝了，藏得這麼好？」割斷包上絲縧，打開包袱，原來包著一部書，書函上赫然寫著「四十二章經」五字。這經書的大小厚薄，與以前所見的全然一樣，只不過封皮是紅綢子鑲白邊。

韋小寶叫道：「啊喲！」忙伸手入懷，取出從康親王府盜來的那部《四十二章經》，幸好他摔入水缸之後，立即爲瑞棟抓起，只濕了書函外皮，並未濕到書頁。兩部經書放在桌上，除了封皮一是紅綢、一是紅綢鑲白邊之外，全然一模一樣。太后手裏已有兩部《四十二章經》，是當日他與索額圖從鰲拜家裏抄來的，自己這時也有了兩部，心想：「這經書中定有不少古怪，可惜我不識字，如請小郡主和方姑娘瞧瞧，定會明白。但這樣一來，她們就瞧我不起了。」拉開抽屜，將兩部經書放入。

尋思：「剛才太后自己來殺我，她是怕我得知了她的秘密，洩漏出去，後來又派這瑞棟來殺我，卻胡亂安了我一個罪名，說我勾引刺客入宮。她等了一回，不見瑞棟回報，又會再派人來。這可得先下手爲強，立即去向皇上告狀，挨到天明，老子逃出了宮去，再也不回來啦。」向方怡道：「我須得出去瞎造謠，說這瑞棟跟你們沐王府勾結，好老……好老……方姑娘（他本來想叫一聲「好老婆」，但局勢緊急，不能多開玩笑，以致誤了大事，便改口叫她「方姑娘」），你們今晚到皇宮來，到底要幹甚麼？想行刺皇帝嗎？我勸你們別行刺小皇帝，太后這老婊子不是好東西，你們專門去刺她好了。」

方怡道：「你既是自己人，跟你說了也不打緊。咱們假冒是吳三桂兒子吳應熊的手下，到皇宮來行刺韃子皇帝。能得手固然甚好，否則的話，也可讓皇帝一怒之下，將吳三桂殺了。」

韋小寶吁了口氣，說道：「妙計，妙計！你們用甚麼法子去攀吳三桂？」

方怡道：「我們內衣上故意留下記號，是平西王府的部屬，有些兵器暗器，也刻上平西王府的字樣。有幾件舊兵器，就刻上『大明山海關總兵府』的字樣。」韋小寶問道：「那幹甚麼？」方怡道：「吳三桂這廝投降韃子之前，在我大明做山海關總兵。」韋小寶點頭道：「這計策挺厲害。」

方怡道：「我們此番入宮，想必有人戰死殉國，那麼衣服上的記號，便會給韃子發覺。倘若遭擒，起初不供，等到給韃子拷打得死去活來，才供出是受了平西王指使，前來行刺皇帝。我們一進宮，便在各處丟下刻字的兵器，就算大夥兒僥倖能全軍退回，也已留下了證據。」她說得興奮，喘氣漸急，臉頰上現出紅潮。

韋小寶道：「那麼你們進宮來，並不是爲了來救小郡主？」方怡道：「自然不是。我們又不是神仙，怎知小郡主竟會在皇宮之中？」

韋小寶點點頭，問道：「你身邊可有刻字的兵刃？」方怡道：「有！」從被窩中摸出一把長劍，但手臂無力，沒法將劍舉高。韋小寶笑道：「幸虧我沒睡到你身邊，否則便給你一劍殺了。」方怡臉上一紅，瞪了他一眼。

韋小寶接過劍來，藏在瑞棟屍身腰間，道：「我去告狀，說這瑞棟是刺客一夥，這可不是證據麼？」方怡搖了搖頭，道：「你瞧瞧劍上刻的是甚麼字？」韋小寶問道：「刻的甚麼字？」反正看了也是不識，不如不看。方怡道：「那是『大明山海關總兵府』

八字，這瑞棟是滿洲人，不會在大明山海關總兵部下當過差罷。」

韋小寶「嗯」了一聲，取回長劍，放在床上，道：「得在他身上安些甚麼贓物才好？」一轉念間，說道：「好極了！」將吳應熊所贈的那兩串明珠，一對翡翠鷄，還有那疊金票，全都塞在瑞棟懷裏。他知金票是北京城中的金鋪所發，吳應熊派人去買來的，只須一查金鋪店號，便知來源，這番栽贓當眞天衣無縫，心道：「吳世子啊吳世子，老子逃命要緊，只好對你不住了。」

他抱起瑞棟的屍身，要移入花園，只走一步，忽聽得屋外有人走近。他輕輕將屍身放下，只聽得一人說道：「皇上有命，吩咐小桂子前往伺候。」

韋小寶大喜，心想：「我正躭心今晚見不到皇上，又出亂子。現下皇上來叫我去，那再好沒有了。這瑞棟的屍身，可搬不出去啦。」應道：「是，待奴才穿衣，即刻出來。」將瑞棟的屍身輕輕推入床底，向小郡主和方怡打幾個手勢，叫她們安臥別動，匆匆除下濕衣，換上一套衣衫，那件黑絲棉背心雖也濕了，卻不除下。

正要出門，心念一動：「這姓方的小娘不大靠得住，可別偷我東西。」將兩部《四十二章經》和大疊銀票都揣在懷裏，這才熄燭出房，卻忘了攜帶師父所給的武功圖本。

康熙在上書房中查問刺客的武功家數。韋小寶靈機一動，指手劃腳，使了兩招出來。康熙認出是沐家拳中的一招「橫掃千軍」，一招「高山流水」，大爲高興。

第十二回　語帶滑稽吾是戲　弊淸摘發爾如神

韋小寶走出大門，見門外站著四名太監，卻都不是熟人。爲首的太監道：「桂公公，皇上半夜三更都要傳你去，嘖嘖嘖，皇上待你眞沒得說的。瑞副總管呢？皇上也要傳他，跟桂公公同去見駕。」韋小寶心中一凜，說道：「瑞副總管回宮了嗎？我可從來沒見過。」那太監道：「是嗎？咱們這就快先去罷。」說著轉過身來，在前領路。

韋小寶暗暗納罕：「他爲甚麼問我瑞副總管？皇上怎知瑞副總管跟我在一起？」又想：「我是副首領太監，職位比你高得多，你怎地走在我前面？你年紀不小了，難道還不懂宮裏規矩？」問道：「公公貴姓？咱們往日倒少見面。」那太監道：「我們這些閒雜小監，桂公公自然不認得。」韋小寶道：「皇上派公公來傳我，那也不是閒雜小監了。」說話之間，見他轉而向西，皇帝的寢宮卻是在東北面，韋小寶道：「你走錯了罷？」那太監道：「沒錯，皇上在向太后請安，剛才鬧刺客，怕驚了慈駕。咱們去慈寧宮。」

韋小寶一聽到去見太后，吃了一驚，便停了腳步。

走在他後面的三名太監中，二人突然向兩旁一分，分站左右，四人將他夾在中間。

韋小寶一驚更甚，暗叫：「糟糕，糟糕！怎麼是皇上叫我去伺候，分明是太后來捉拿我。」雖不知這四人是否會武，但以一敵四，總之打不贏，一鬧將起來，衆侍衛聞聲趕至，那裏還逃得脫？他心中怦怦亂跳，笑嘻嘻的道：「是去慈寧宮嗎？那倒好得很，太后每次見到我，不是金銀，便是糖果糕餅，定有賞賜。太后待奴才們最好了，她說我小孩子家貪嘴，總是賞不少吃的。」說著便走上了通向太后寢宮的迴廊。

四名太監見他依言去慈寧宮，便回復了一前三後的位置。

韋小寶道：「上次見到太后，運氣當眞好極。太后說我拿了鰲拜，功勞不小，一賞就賞了我五千兩金子，二萬兩銀子。我力氣太小，可那裏搬得動？太后說：『搬不動，慢慢搬。小桂子啊，你這錢怎麼個用法？』我說：『回太后：奴才最喜歡結交朋友，身邊有了金子銀子，太監之中那個跟奴才說得來的，奴才就送給他們一些。有錢大家花啊！』」他信口胡扯，腦中念頭急轉，籌思脫身之計。

他身後那太監道：「那有賞這麼多的？」韋小寶道：「哈，不信嗎？瞧我的。」從懷中摸出一大疊銀票，有的是五百兩一張，有的一千兩，也有二千兩的。

燈籠火光照映之下，看來依稀不假，四名太監只瞧得氣也透不過來，都停住了腳步。

韋小寶抽了四張銀票，笑道：「皇上和太后不斷賞錢，我怎麼花得光？這裏四張銀票，有的二千兩，有的一千兩，四位兄弟碰碰運氣，每人抽一張去。」

四名太監都不信，世上那有將幾千兩銀子隨手送人的？都不伸手去抽。

韋小寶道：「身邊銀子太多，沒地方花用，有時也不大快活。眼下我去見太后和皇上，又不知要賞多少銀子給我了。」說著將銀票高高揚起，在風中抖動，斜眼察看周遭地形。

一名太監笑道：「桂公公，你眞的將銀票給我們，可不是開玩笑罷？」韋小寶道：「有甚麼玩笑好開？我們尙膳監裏的兄弟們，那一個不得過我千兒八百的？來來來，碰碰手氣，那一位兄弟先來抽？」那太監笑嘻嘻的道：「我先來抽。」韋小寶道：「等一會兒，你們看淸楚了。」將四張銀票湊到燈籠火光之下。四名太監看得分明，果然都是一千兩、二千兩的銀票，都不由得臉上變色。太監不能娶妻生子，又不能當兵做官，於金銀財物比之常人更加倍的喜歡。這四人雖在宮中當差已久，但一千兩、二千兩銀子的銀票，卻也從沒見過。

韋小寶揚起手來，將銀票在風中舞了幾下，笑道：「好，這位大哥先來抽！」那太監伸手去抽，手指還沒碰到銀票，韋小寶一鬆手，四張銀票讓風吹得飛了出去，飄飄盪盪，飛上花叢。韋小寶叫道：「啊喲，你怎麼不抓牢？快搶，快搶，那一個搶到，銀票便是他的。」四名太監拔步便追。

韋小寶叫道：「快抓，別飛走了！」身子一矮，鑽入了早就瞧準了的假山洞中。他知御花園這一帶的假山極多，山洞連環曲折，鑽進去之後，一時可還眞不容易找到。

四名太監趕著去搶銀票，兩個人各拾到一張，一人拾到了兩張，卻有一人落空，兩人登時爭執起來。一個說：「桂公公說的，誰拾到便是誰的，兩張都是我的。」一個說：「說好一人一張，快分一張來。我只要那張一千兩的，也就是了。」那人道：「甚麼一千兩的？說得好輕鬆自在，一兩的也沒有。」沒拾到銀票的一把抓住他胸脯，道：「你給不給？咱們請桂公公評評這個理。」一轉身，韋小寶已不知去向。四人大吃一驚，齊聲大叫，四下找尋。沒拾到銀票的太監兀自不肯罷休，抓住了拾到兩張之人的衣襟，定要他分一張過來。

韋小寶早已躲入十餘丈外的山洞，聽二人大聲爭吵，暗暗好笑，尋思：「我躲到天明，從側門溜出宮去，就再也不回來了。」只聽一名太監道：「太后吩咐的，說甚麼也要將桂公公和瑞副總管立即傳去。他……他……可躲到那裏去了？」另一名太監道：「他在宮裏，也躲不到那裏去。只是他給銀票的事，可不能說出來。郝兄弟，你兩張銀票，就分一張給小勞，否則他一定會抖出來，大家發不成財，還得糟糕。」

忽聽得腳步聲響，西首有幾人走近，一人說道：「今晚宮中鬧刺客，只怕大夥兒明兒都要受處分。」韋小寶一聽，便知是宮中侍衛。另一人道：「只盼桂公公在皇上面前多說幾句好話。」又一人道：「桂公公年紀雖小，爲人可眞夠交情，實在難得。」

韋小寶大喜，從山洞中鑽出，低聲道：「衆位兄弟，快別作聲。」當先兩名侍衛提著燈籠，輕聲叫道：「桂公公。」韋小寶見這羣侍衛共有十五六人，正是剛才到自己窗口來過的那批人。他記得這些人的名字，說道：「張大哥、趙大哥，那邊四名太監勾結刺客，大夥兒快去拿住了，功勞不小。」跟著又叫了幾人名字，說道：「赫大哥、鄂大哥，先點了這四個人啞穴，要不然便打落他們下巴，別讓他們大聲嚷嚷，驚動了皇上。」

衆侍衛聽說是四名太監，也不放在心上，作個手勢，吹熄燈籠，伏低身子，慢慢掩將過去。那四名太監兩個在山洞中找韋小寶，兩個在爭銀票，都全神貫注。衆侍衛合圍之勢一成，一聲低哨，四面八方擁出，三四人服侍一個，將四名太監揿翻在地。這些侍衛武功並不甚高，誰也不會點穴，當下或使擒拿手法，或以掌擊，打落了四人下巴。

四名太監張大了嘴巴，一句話也說不出來，不明所以，驚惶已極。

韋小寶指著旁邊一間屋子，喝道：「拉進去拷問！」衆侍衛將四名太監橫拖倒曳，拉進廂廳，有人點起燈籠，高高舉起。韋小寶居中一坐，衆侍衛拉四名太監跪下。

四人奉太后之命來捉人，如何肯跪？衆侍衛拳打足踢，強行按倒。

韋小寶道：「你們四人剛才鬼鬼祟祟的，在爭甚麼東西？說甚麼一千兩是你的，二千兩是我的？又說甚麼外面來的朋友這趟運氣不好，給狗侍衛們害死了不少。『外面來的朋友』是甚麼朋友？為甚麼叫侍衛大人『狗侍衛』？」

眾侍衛大怒，一腳腳往四人背上踢去。四名太監肚中大叫「冤枉」，卻那裏說得出口？

韋小寶又道：「我跟在你們背後，聽到一個說：『是我帶路的，那兩張銀票，是他給我的，怎可分給你？』」說著向那抓到兩張銀票的姓郝太監一指，又指著那沒搶到銀票的小勞道：「你說：『大家一起幹這件大事，殺頭抄家，罪名都是一般，為甚麼不分給我？不行，一定要分。』」指著另一名太監道：「你說：『郝兄弟，你兩張銀票，就分一張給小勞，否則他一定會抖出來，大家發不成財，還得殺頭抄家。』這句話是你說的，是不是？你們一起幹甚麼大事？為甚麼要殺頭抄家？又分甚麼銀票不銀票的？」

眾侍衛道：「他們給刺客帶路，自然犯了殺頭抄家的大罪。分甚麼銀票，搜搜他們身上就是了。」一搜之下，立時便搜出那四張銀票，眾侍衛見這四張銀票數額如此巨大，都大聲叫了起來。一名尋常太監的月份銀子，不過四兩、六兩，忽然身上各懷巨款，那裏還有假的？

那姓趙的侍衛問那身上有兩張銀票的太監：「你姓郝？」那太監點了點頭。那姓趙的侍衛又問身上沒有銀票的太監：「你姓勞？」那太監面無人色，也點了點頭。一名侍衛道：「好啊，刺客給了你們這許多銀子，你們就給刺客帶路，叫他們『外面的朋友』，叫我們『狗侍衛』？你奶奶的！」一腳用力踢去，那姓郝的太監眼珠突出，口中嗬嗬連聲。

那姓趙的侍衛道：「不可莽撞，得好好盤問。」俯身伸手，在那姓勞太監的下顎骨上一托，給他接上了下巴。韋小寶喝道：「你們幹這件大事，到底是受了誰的指使？這等大膽，快快招來！」那太監道：「冤枉，冤枉！是太后吩咐我們……」

韋小寶一躍而前，左手按住他嘴巴，喝道：「胡說八道！這種話也說得的？你再多口，立時便殺了你。」右手拔出匕首，倒轉劍柄，在他天靈蓋上重擊兩下，將他擊得暈了過去，轉頭向衆侍衛道：「他說這是太后指使，這……這……這可大禍臨頭了。」

衆侍衛一齊臉上變色，說道：「太后吩咐他們將刺客引進宮來？」他們都知皇上並非太后的親生兒子，太后向來精明果斷，難道皇上得罪了太后，因而……因而……宮闈之中勾心鬥角，甚麼可怕的事情都有，自己竟然牽涉其中，委實性命交關。

韋小寶問另一名太監：「你們當眞是太后派來辦事的？這件事干係重大，可胡說不得。當眞是太后差遣的？」那太監說不出話，只連連點頭。韋小寶道：「這幾張銀票，也是太后給的？」三名太監一齊搖頭。韋小寶道：「好！你們是奉命辦事，並不是自己的主意，是不是？」三名太監連連點頭。韋小寶道：「你們要死還是要活？」這句話可不易用點頭搖頭來表示，三名太監一人點頭，一人搖頭，另一人先點頭後搖頭，想想不對，又大點其頭。韋小寶問道：「你們要死？」三人搖頭。韋小寶問：「要活？」三人頭點得快極。

韋小寶一拉兩名為首的侍衛，三人走到屋外。韋小寶低聲道：「張大哥、趙大哥，咱們的吃飯傢伙，這一趟只怕要搬一搬家了。」那姓張的名叫張康年，姓趙的叫趙齊賢，都是漢軍旗的，早給嚇得神魂不定，齊道：「那……那怎麼辦？」韋小寶道：「我是半點主意也沒有，張大哥、趙大哥瞧著該怎麼辦？」張康年道：「倘若張揚出來，也不知會鬧到甚麼地步，如能遮掩，那是最好不過。」趙齊賢道：「是啊，不如將這四名太監放了，大家裝作沒這回事就是。」張康年道：「就只怕人無害虎意，虎有傷人心。」韋小寶道：「放了他們，本來極好，不過要他們不可去稟明太后。否則的話，太后一怒之下，要殺人滅口，這四個太監固然活不成，咱們這裏一十七個兄弟，再加上我，多半要分成三十六截。」

張趙二人同時打個寒戰。張康年舉起右掌，虛劈一掌。韋小寶向趙齊賢瞧去，趙齊賢點點頭，問道：「他們身邊那四張銀票？」韋小寶道：「這六千兩銀子，衆位大哥分了就是。我是嚇得魂飛魄散，只求這件事不惹上身來，銀子是不要的了。」

張趙二人聽得有六千兩銀子好分，每人可分得三百多兩，更無遲疑，轉身入屋，在四名侍衛耳邊說了幾句話。那四人點了點頭，拉起四名太監，說道：「你們既是太后身邊的人，這就回去罷！」

那名叫小勞的太監先前給韋小寶以匕首柄擊暈了，這時已然醒轉。四名太監大喜，走出屋去，四名侍衛跟了出去。只聽得外面「嗬嗬嗬嗬」幾聲慘叫，跟著外面一名侍衛叫道：「有刺客，有刺客！」另一人叫道：「啊喲，不好，刺客殺死了四個太監。」四名侍衛走進屋來，向韋小寶道：「桂公公，外邊又有刺客，害死了四位公公。」

韋小寶長嘆一聲，道：「可惜，可惜！刺客逃走了，追不上了？」一名侍衛道：「就沒見到刺客的影子。」韋小寶道：「嗯，那是誰也沒法子了。四位公公給刺客刺殺之事，你們這就去稟明多總管罷！」眾侍衛強忍笑容，齊聲應道：「是！」韋小寶再也忍耐不住，哈哈大笑。眾侍衛也都大笑不止。韋小寶笑道：「眾位大哥，恭喜發財，明兒見。」

韋小寶興匆匆回到住處，將到門口，忽聽得花叢中有人冷冷的道：「小桂子，你好！」

韋小寶聽得是太后的聲音，大吃一驚，轉身便逃，奔出五六步，只覺一隻手搭上了左肩肩頭，全身酸麻，便如有幾百斤大石壓在身上，再難移步。他急忙彎腰，伸手去拔匕首，手指剛碰到劍柄，右手上臂已吃了一掌，忍不住「啊」的一聲叫了出來。只聽得太后沉聲道：「小桂子，你年紀輕輕，眞好本事啊。不動聲色，殺了我四名太監，還會栽贓嫁禍，連我都敢誣陷，哼，哼……」

韋小寶心中只連珠價叫苦，情急之下，料想太后對自己恨之入骨，甚麼哀求都必無用，只有豁出性命，狠狠嚇她一嚇，挨得過一時三刻，再想法子逃命，說道：「太后，你此刻殺我，已經遲了，可惜啊，可惜！」太后冷冷的道：「可惜甚麼？」韋小寶道：「你想殺我滅口，只可惜遲了一步。剛才那些侍衛們說些甚麼話，想來……想來你都聽到了。」太后陰森森的道：「你說我派這四名沒用的太監，勾引刺客入宮。哼，我又爲的是甚麼？」

韋小寶道：「我怎知道你爲的是甚麼，皇上就多半知道。」反正這條性命十成中已死了九成九，索性給她無賴到底。

太后怒極，冷笑道：「我掌力一吐，立即叫你斃命，只太便宜了你這小賊。」

韋小寶道：「是啊，你掌上使勁，就殺了小桂子，明日宮裏人人都知道了。『小桂子怎麼死了？』『自然是太后殺的。』『太后幹麼殺他？』『因爲小桂子撞破了太后的秘密。』『甚麼秘密啊？』『這件事說來話長，來來來，你到我屋子裏來，我仔仔細細的說給你聽。你千萬不能跟旁人說啊，這件事委實非同……非同小可。』」

太后氣得搭在他肩上的手不住發抖，緩了一口氣，才道：「大不了也只那十幾名侍衛知道，我殺了你之後，立刻命瑞棟將這十幾個傢伙都抓了起來，即刻處死，還有甚麼後患？」

韋小寶哈哈大笑。太后道：「死到臨頭，虧你還笑得出。」韋小寶道：「太后，你說要瑞棟殺人？他……他……哈哈……」太后問道：「他怎麼樣？」韋小寶道：「他早已給我……」本想說「他早已給我一刀斃了」，突然間靈機一動，又「哈哈」了幾聲。太后又問：「早已給你怎麼樣？」韋小寶道：「他早已給我收得貼貼服服，再也不聽你的話啦。」

太后冷笑一聲，道：「憑你這小鬼能有多大本事，能叫瑞副總管不聽我的話。」韋小寶道：「我是個小太監，他自然不怕。瑞副總管怕的卻是另一位。」太后顫聲道：「他……他怕的是皇上？」韋小寶道：「我們做奴才的，自然怕皇上，那也怪他不得啊，是不是？」太后道：「你跟瑞棟說了些甚麼？」韋小寶道：「甚麼都說了。」

太后喃喃的道：「甚麼都說了。」沉默半晌，道：「他……他人呢？」

韋小寶道：「他去得遠了，很遠很遠，再也不回來了。太后，你要見他，當然挺好，大大的好，就只怕不怎麼容易。」太后驚問：「他出宮去了？」韋小寶順水推舟，說道：「不錯。他說他既怕皇上，又怕了你，夾在中間難做人，只怕有甚麼性命的憂愁，又有甚麼殺身的大禍，不如高走遠飛。」太后道：「高飛遠走。」韋小寶道：「對，對！太后，你怎麼知道？你聽到他說這句話麼？他是高飛遠走了！」

太后哼了一聲，說道：「他連官也不要做了？逃到那裏去啦？」韋小寶道：「他……他是到……」心念一動，道：「他說到甚麼台山，甚麼六台、七台、八台山去啦。」太后道：「五台山！」韋小寶道：「對，對！是五台山。太后，你甚麼都知道。」

太后問道：「他還說甚麼？」韋小寶道：「也沒說甚麼。只不過……只不過說，我託他的事，他無論如何會辦到的。他賭了咒，立下了重誓，甚麼千刀萬剮、絕子絕孫的。」太后道：「你託他辦甚麼事？」韋小寶道：「也沒甚麼。瑞副總管本來說，他不做官也不打緊，就是出門沒盤纏，那又不是一年半載的事。我就送了他二萬兩銀子的銀票。」太后道：「你倒發財得緊哪，那裏來的這許多銀子？」韋小寶道：「那也是旁人送的，康親王送些，索額圖大人送些，吳三桂的兒子也送了些。」太后道：「你出手這樣豪爽，瑞棟自然要感恩圖報了，你到底要他辦甚麼事？」韋小寶道：「奴才不敢說。」太后厲聲道：「你說不說？」搭在他肩頭的手掌用力壓落。韋小寶「唉唷」一聲。太后掌力稍鬆，喝道：「快說！」

韋小寶嘆了口氣，說道：「瑞副總管答允我，奴才在宮裏倘若給人害死，他就將這中間的原因，詳詳細細稟明皇上。他說他要去寫一個奏摺，放在身邊。他跟奴才約定，每隔兩個月，奴才……奴才就……」太后聲音發顫，問道：「怎麼樣？」韋小寶道：「每隔兩個月，奴才到天橋去找一個賣……賣冰糖葫蘆的漢子，問他：『有翡翠瑪瑙的冰糖葫蘆沒有？』他就說：『有啊，一百兩銀子一串。』我說：『這樣貴啊？二百兩銀子賣不賣？』他說：『不賣，不賣！你還沒歸天嗎？』我說：『你去跟老頭子說罷！』他就去通知瑞副總管了。」危急之際，編不出甚麼新鮮故事，只好將陳近南要他和徐天川聯絡的對答稍加變化。

太后哼的一聲，說道：「這等江湖上武人聯絡的法門，料你這小賊也想不出來，是瑞棟這膽小傢伙教你的，是不是？」韋小寶假作驚奇，說道：「咦！你怎知是瑞副總管教我的？是了，他跟我說的時候，你都聽到了。」只覺太后按在自己肩頭的手不住顫動，過了好一會，聽得她問：「你到時候如不去找那賣冰糖葫蘆的，那怎麼樣？」

韋小寶道：「瑞副總管說，他會再等十天，我如仍然不去，那自然是奴才的小命不保，他……他就想法子來稟明皇上。那時候奴才死都死了，本來也沒甚麼好處，不過奴才對皇上一片忠心，要請皇上千萬小心，有怨報怨，有仇報仇，別要受人暗算。那也是奴才和瑞副總管忠心爲主罷啦。」

太后喃喃的道：「有怨報怨，有仇報仇，那好得很哪。」韋小寶道：「這些日子來，奴才天天服侍皇上，可半點口風也沒露。只要奴才好好活著，在皇上身邊侍候，這種事情就永遠別讓皇上知道的好，又何必讓皇上操心呢？」太后吁了口氣，說道：「你倒是個大大的好人哪。」韋小寶道：「皇上待奴才很好，太后待奴才可也不壞啊。奴才對太后忠心，說不定太后心中一歡喜，又賞賜些甚麼，那不是大家都挺美麼？」

太后嘿嘿嘿的冷笑幾聲，說道：「你還盼我賞賜你甚麼，臉皮當眞厚得可以。」冷笑聲中竟有了幾分歡愉之意，語氣也已大爲寬慰。

韋小寶聽得她語氣已變，情勢大爲緩和，忙道：「奴才有甚麼貪圖？只要太后和皇上平平安安的，大家和和氣氣的過日子，咱們做奴才的就是天大的福氣了。太后你老人家萬福金安，奴才明兒這就到天橋去，找到那個漢子，叫他儘快去通知瑞副總管，要他守口如瓶。奴才……再要他帶三千兩銀子去，說是太后賞他的。」太后哼了一聲，說道：「這種人辦事不力，棄職潛逃，我不砍他腦袋是他運氣，還賞他銀子？」韋小寶道：「是，是！這三千兩銀子，自然是奴才出的。太后怎能再賞他銀子？」

太后慢慢鬆開了搭在他肩頭的手，緩緩的道：「小桂子，你當眞對我忠心麼？」

韋小寶跪下地來，連連磕頭，說道：「奴才對太后忠心，有千萬般好處，若不忠心，腦袋瓜子搬家。小桂子雖然胡塗，這顆腦袋倒也看得挺要緊的。」太后點點頭，說道：「很好，很好，很好！」說一聲「很好」，在他背上拍一掌，連說三聲，連拍三掌。韋小寶登時頭暈目眩，立時便欲嘔吐，喉間「呃呃呃」的不住作聲。

太后道：「小桂子，那天晚上，海大富那老賊說道，世間有一門叫做甚麼『化骨綿掌』的功夫，倘若練得精了，打在身上，可以教人全身骨骼俱斷。這門功夫是很難練的。我自然也不會，不過覺得你這小孩兒很乖，很伶俐，在你背上打三掌試試，也挺有趣的。」

韋小寶胸腹間氣血翻湧，再也忍耐不住，「哇」的一聲，又是鮮血，又是清水，大口吐了出來，心道：「老婊子不信我的話，還是下了毒手。」

太后道：「你不用害怕，我不會打死你的，你如死了，誰去天橋找那賣冰糖葫蘆的呢？只不過讓你帶點兒傷，幹起事來就不怎麼伶俐了。」韋小寶道：「多謝太后恩典。」慢慢站起，身子一晃坐倒，又嘔了幾口血水。太后哈哈一笑，轉身沒入了花叢。

韋小寶掙扎著站起，慢慢繞到屋後，伏在窗檻上喘了一會氣，這才爬進窗去。

小郡主沐劍屏低聲問道：「桂大哥，是你嗎？」韋小寶正沒好氣，罵道：「去你媽的，不是我。」方怡接口道：「小郡主好好問你，你爲甚麼罵人？」韋小寶剛爬到窗口，說道：「我……」一口氣接不上來，砰的一聲，摔進窗來，躺在地下，再也站不起身。

方怡與沐劍屏齊聲「哎喲」，驚問：「怎……怎麼啦？你受了傷？」

韋小寶這一交摔得著實不輕，但聽得兩女語氣中大有關切之意，心情登時大好，哈哈一笑，喘了幾口氣，又想：「老婊子這幾掌，也不知是不是『化骨綿掌』，說不定她練得不到家，老子穿著寶貝背心，骨頭又硬，她化來化去，化老子不掉……」說道：「好妹子和好老婆都受了傷，我如不也傷上一些，叫甚麼有福共享，有難同當呢？」

沐劍屏道：「桂大哥，你傷在那裏？痛不痛？」韋小寶道：「好妹子有良心，問我痛不痛。痛本來是很痛的，可是給你問了一聲，忽然就不痛了。你說奇不奇怪？」沐劍屏笑道：「你又來騙人了。」

韋小寶手扶桌子，氣喘吁吁的站起，心想：「我這條老命現下還在，全靠瑞副總管夠交情，肯撐腰，只要老婊子一知瑞副總管已死，韋小寶的老命再也挨不過半個時辰。」從藥箱裏拿出那隻三角形青底白點的藥瓶。海老公藥箱中藥粉、藥丸甚多，他卻只認得這瓶「化屍粉」。將瑞棟的屍身從床底下拉出，取回塞在他懷中的金票和珍玩。

沐劍屏道：「你一直沒回來，這死人躺在我們床底下，可把我們兩個嚇死了。」韋小寶道：「把你們兩個都嚇死了，這死人豈不是多了兩個羞花閉月的女伴？」方怡道：「呸，小郡主，別跟他多說。」

韋小寶道：「我變個戲法，你們要不要看？」方怡道：「不看。」韋小寶道：「不看的就閉上了眼睛。」方怡當即閉上眼睛。沐劍屏跟著也閉上眼，但隨即又睜開了。

韋小寶從藥箱中取出一枝小銀匙，拔開藥瓶木塞，用小銀匙取了少許「化屍粉」，倒在瑞棟屍身的傷口之中，過不多時，傷口中便冒出煙霧，跟著發出一股強烈臭味，再過一會，傷口中流出許多黃水，傷口越爛越大。沐劍屏「咦」的一聲。方怡好奇心起，睜開眼睛，一見到這情景，一雙眼睛睜得大大的，再也閉不攏了。

屍體遇到黃水，便即腐爛，黃水越多，屍體爛得越快。

韋小寶見她二人都有驚駭之色，說道：「你們那一個不聽我話，我將這寶粉洒一點在你們臉上，立刻就爛成這般樣子。」沐劍屏道：「你……你別嚇人。」方怡怒目瞪了他一眼，驚恐之意卻難以自掩。韋小寶笑嘻嘻的走上一步，拿著藥瓶向她晃了兩下，收入懷中。

不多時瑞棟的屍身便爛成了兩截。韋小寶提起椅子，用椅腳將兩截屍身都推入黃水，過不了大半個時辰，盡數化爲黃水。他吁了一口長氣，心想：「老婊子就是差一百萬兵到五台山去，也捉不到瑞棟了。」他到水缸中去舀水沖地，洗去屍首中流出來的黃水，沒沖得幾瓢水，身子一歪，倒在床上，困倦已極，就此睡去。

醒來時天已大亮，但覺胸口一陣煩惡，作了一陣嘔，卻嘔不出甚麼。只聽得沐劍屏關心的聲音問道：「桂大哥，好些了嗎？」韋小寶坐起身來，才知自己在方沐二人腳邊和衣睡了半夜，見天色不早，忙跳下床來，說道：「我趕著見皇帝去，你們躺著別動。」想從窗中爬出去，但腰背痛得厲害，只得開門出去，反鎖了門。

韋小寶到上書房候不了半個時辰，康熙退朝下來，笑道：「小桂子，聽說你昨晚殺了個刺客。」韋小寶請了個安，說道：「皇上聖體安康。」康熙笑道：「你運氣好，跟刺客交上了手，我可連刺客的影兒也沒見著。你殺的那人武功怎樣？你用甚麼招數殺的？」

韋小寶並沒跟刺客動手過招，皇帝武功不弱，可不能隨口亂說，靈機一動，想起那日在楊柳胡同白家，風際中和玄貞道人比擬動手過招的情景，便道：「黑暗之中，我只跟他瞎纏爛打，忽然間他左腿向右橫掃，右臂向左橫掠……」一面說，一面手腳同時比劃。

康熙拍手道：「對極，對極！正是這一招！」韋小寶一怔，問道：「皇上，你會這一招？」康熙笑道：「你知道這一招叫甚麼？」韋小寶早知叫做「橫掃千軍」，卻道：「奴才不知。」康熙笑道：「我教你個乖，這叫『橫掃千軍』！」韋小寶甚是驚訝，道：「這名字倒好聽！」他驚的不是這一招的名稱，而是康熙竟也知道了。

康熙道：「他使這一招打你，你又怎麼對付？」韋小寶道：「一時之間，我心慌意亂，眼看對付不了，忽然想起你跟我比武之時，使過一記極妙的招數，將我摔得從你頭頂飛了過去，好像你說過的，是武當派的武功『仙鶴梳翎』。」康熙大喜，叫道：「你用我的武功破他這招『橫掃千軍』？」韋小寶道：「正是。我學的武功，本來並不高明，幸好咱倆比武打架打得多了，你使的手法我也記得了一大半。我記得你又這麼一打，這麼一拗……」康熙喜道：「對，對，這是『紫雲手』與『折梅手』。」

韋小寶心想：「我拍他馬屁，可須拍個十足十！」說道：「我便學你的樣，忙去抓他的手，抓是抓住了，就只力氣不夠，抓的部位又不大對頭，給他左手用力一抖，就掙脫了。」康熙道：「可惜，可惜。我教你，應當抓住這裏『會宗』與『外關』兩穴之間，他就無論如何掙不脫。」說著伸手抓住韋小寶的手腕穴道。韋小寶假裝使勁，咬牙切齒的掙了幾下，自然沒法掙脫，道：「你早教了我，也就沒有後來的兇險了。」康熙放開了他手，笑問：「後來怎樣？」

韋小寶道：「他一掙脫，身子一轉，已轉在我背後，雙掌擊我背心……」康熙叫道：「高山流水！」韋小寶道：「這一招叫『高山流水』麼？當時我可給他嚇得落花流水了，無可奈何之中，只好又用上你的招數。」

康熙笑道：「沒出息！怎地跟人打架，不用師父教的功夫，老是用我的招數？」韋小寶道：「師父教的招數，練起來倒也頭頭是道，一跟人眞的拚命，那知全不管用，反而是你那些招數，突然間打從心底裏冒了上來。皇上，那時候他手掌邊緣已打上我背心，我早嚇得魂不附體，又怎能去細想用甚麼招數！我身子借勢向前一撲，從右邊轉了過去。」康熙道：「很好！那是『迴風步』！」韋小寶道：「是嗎？我躲過了他這一招，乘勢拔出匕首，反手一劍，大叫：『小桂子，投不投降？』」

康熙哈哈大笑，問道：「怎麼叫起小桂子來？」

韋小寶道：「奴才危急之中不知怎地，竟把你的招數學了個十足。這反手一劍，本來是你反手一掌，打在我背心，大叫：『小桂子，投不投降？』我想也不想的使了出來，嘴裏卻也這麼大叫。他哼了一聲，沒來得及叫『投降』，就已死了。」

康熙笑道：「妙極，妙極！我這反手一掌，叫作『孤雲出岫』，沒想到你化作劍法，一擊成功。」康熙練了武功之後，只與韋小寶假打，總不及眞的跟敵人性命相拚那麼過癮，此刻聽到韋小寶手刃敵人，所用招數全是從自己這裏學去的，自是興高采烈，心想若是自己出手，定比韋小寶更精采十倍，說道：「這些刺客膽子不小，武功卻也稀鬆平常。」

韋小寶道：「皇上，刺客的武功倒也不怎麼差勁。咱們宮裏的侍衛，就有好幾個傷在他們手裏。總算小桂子命大，曾侍候皇上練了這麼久武功，偷得了你三招兩式。否則的話，皇上，你今兒可得下道聖旨：撫卹殉職忠臣小太監小桂子紋銀一千兩。」

康熙笑道：「一千兩那裏夠？至少是一萬兩。」兩人同時哈哈大笑。

康熙道：「小桂子，你可知這些刺客是甚麼人？」韋小寶道：「我就是不知道。皇上明白他們的武功家數，多半早料到了。」康熙道：「本來還不能拿得穩，你剛才這一比劃，又多了一層證明。」雙手一拍，吩咐在上書房侍候的太監：「傳索額圖、多隆二人進來。」

那兩人本在書房外等候，一聽皇帝傳呼，便進來磕頭。

多隆是滿洲正白旗的軍官，進關之時曾立下不少戰功，武功也甚了得，但一直受鰲拜排擠，在官場中很不得意，最近鰲拜倒了下來，才給康熙提升爲御前侍衛總管，掌管乾清門、中和殿、太和殿各處宿衛。領內侍衛大臣共有六人，正黃、正白、鑲黃三旗每旗兩人，其中眞正有實權的，只有掌管宮中宿衛的御前侍衛正副總管。多隆新任要職，宮裏突然出現刺客，已一晚沒睡，心下惴惴，不知皇帝與皇太后是否會怪罪。

康熙見他雙眼都是紅絲，問道：「擒到的刺客都審明了沒有？」多隆道：「回皇上：擒到的活口叛賊共有三人，奴才分別審問，起初他們抵死不說，後來熬刑不過，這才招認，果然……果然是平西王……平西王吳三桂的手下。」康熙點點頭，「嗯」了一聲。多隆又道：「叛賊遺下的兵器，上面刻著有『平西王府』的字様。格斃了的叛賊所穿內衣，也都有平西王府標記。昨晚入宮來侵擾的叛賊，證據確鑿，乃吳三桂的手下。就算不是吳三桂所派，他……他也脫不了干係。」

康熙問索額圖：「你也查過了？」索額圖道：「叛賊的兵器、內衣，奴才都查核過了，多總管所錄的叛賊口供，確是如此招認。」康熙道：「那些兵器、內衣，拿來給我瞧瞧。」

多隆應道：「是。」他知皇帝年紀雖小，卻甚精明，這件事又干係重大，早就將諸種證物包妥，命手下親信侍衛捧著在上書房外等候，當下出去拿了進來，解開包袱，放在案上，立即退了幾步。滿清以百戰而得天下，開國諸帝均通武功，原是不避兵刃，但在書房之中，臣子在皇帝面前露出兵刃，畢竟忌諱。多隆小心謹慎，先行退開。

康熙走過去拿起刀劍審視，見一把單刀的柄上刻著「大明山海關總兵府」的字樣，微微一笑，道：「欲蓋彌彰，固然不對，但弄巧成拙，故意弄鬼做得過了火，卻也引人生疑。」向索額圖道：「吳三桂如派人來宮中行刺犯上，自然深謀遠慮，籌劃周詳，甚麼刀劍不能用，幹麼要攜帶刻了字的兵器？怎會想不到這些刀劍會失落宮中？」

索額圖道：「是，是，聖上明見，奴才拜服之至。」

康熙轉頭問韋小寶：「小桂子，你所殺的那名叛賊，使了甚麼招數？」韋小寶道：「他使了一招『橫掃千軍』，又使一招『高山流水』。」康熙問多隆：「那是甚麼功夫？」

多隆雖是滿洲貴臣，於各家各派武功倒也所知甚博，這「橫掃千軍」與「高山流水」兩招，又不是生僻的招數，答道：「回皇上：那似乎是雲南前明沐王府的武功。」

康熙雙手一拍，說道：「不錯，不錯。多隆，你的見聞倒也廣博。」

多隆登感受寵若驚，臉上露出一絲笑容，跪下磕頭，道：「謝皇上稱讚。」

康熙道：「你們仔細想想，吳三桂若派人入宮行刺，決不會揀他兒子正在北京的時候。刺客甚麼日子都好來，幹麼定要揀他兒子來朝見的當口？這是可疑者之一。吳三桂善於用兵，辦事周密，派這些叛賊進宮幹事，人數既少，武功也不甚高，明知難以成功，有甚麼用處？這跟吳三桂的性格不合，這是可疑者之二。再說，就算他派人刺死了我，於他又有甚麼好處，難道他想起兵造反嗎？他如要造反，幹麼派他兒子到北京來，豈不是存心將兒子送來給我們殺頭？這是可疑者之三。」

韋小寶先前聽方怡說到陷害吳三桂的計策，覺得大是妙計，此刻經康熙一加分剖，登覺處處露著破綻，不由得佩服之極，連連點頭。

索額圖道：「皇上聖明，所見非奴才們所及。」

康熙道：「你們再想想，倘若刺客不是吳三桂所派，卻攜帶了平西王府的兵器，那有甚麼用意？自然想陷害他了。吳三桂幫我大清打平天下，功勞甚大，恨他忌他的人著實不少。到底這批叛賊是由何人指使，須得好好再加審問。」

索額圖和多隆齊聲稱是。多隆道：「皇上聖明。若不是皇上詳加指點開導，奴才們胡裏胡塗的上了當，不免冤枉了好人。」康熙道：「冤枉了好人嗎？嘿嘿！」

索額圖和多隆見皇帝不再吩咐甚麼，便叩頭辭出。

康熙道：「小桂子，那『橫掃千軍』與『高山流水』這兩招，你猜我怎麼知道的？」

韋小寶心中怦怦跳了兩下，說道：「我正奇怪，皇上怎會知道？」康熙道：「今日一早，我已傳了許多侍衛來，問他們昨晚與刺客格鬥的情形，一查刺客所使的武功家數，有好幾招竟是前明沐家的。你想，沐家本來世鎭雲南，我大清龍興之後，將雲南封了給吳三桂，沐家豈有不著惱的？何況沐家最後一個黔國公沐天波，便死在吳三桂手下。我叫人將沐家最厲害的招數演將出來，其中便有這『橫掃千軍』與『高山流水』兩招。」

韋小寶道：「皇上當眞料事如神。」不禁擔憂：「我屋裏藏著沐家的兩個女子，不知他知不知道？」

康熙笑問：「小桂子，你想不想發財？」韋小寶聽到「發財」兩字，登時精神一振，憂心盡去，笑嘻嘻的道：「皇上不叫我發，我不敢發。皇上叫我發財，小桂子不敢不發。」康熙笑道：「好，我叫你發財！你將這些刀劍、從刺客身上剝下的內衣、刺客的口供，都拿去交給一個人，就有大大一筆財好發。」韋小寶一怔，登時省悟，叫道：「吳應熊！」康熙笑道：「你很聰明，這就去罷！」

韋小寶道：「吳應熊這小子，這一次運道眞高，他全家性命，都是皇上給賞的。」康熙道：「你跟他去說甚麼？」韋小寶道：「我說：姓吳的，咱們皇上明見萬里，你爺兒倆在雲南幹甚麼事，皇上沒一件不知道。你們不造反，皇上淸淸楚楚，若是，嘿嘿，有甚麼三心兩意，兩面三刀，皇上一樣的明明白白。他媽的，你爺兒倆還是給我乖乖的罷！」

康熙哈哈大笑，說道：「你人挺乖巧，就是不讀書，說出話來粗裏粗氣，倒也合我的意思。他媽的，你爺兒倆還是給我乖乖的罷，哈哈，哈哈！」

韋小寶聽得皇上居然學會了一句「他媽的」，不禁心花怒放，喜孜孜的磕了頭，捧了刀劍等物走出書房，回到自己屋中。

他剛要開鎖，突然間背上一陣劇痛，心頭煩惡，便欲嘔吐，勉強開鎖進門，坐在椅上，不住喘氣。

沐劍屏道：「你……你身子不舒服麼？」韋小寶道：「見了你的羞花閉月之貌，身子就舒服了。」沐劍屏笑道：「我師姊才是羞花閉月之貌，我臉上有隻小烏龜，醜也醜死了。」

韋小寶聽她說笑，心情立時轉佳，笑道：「你臉上怎麼會有隻小烏龜？啊，我知道啦，好妹子，你臉蛋兒又光又滑，又白又亮，便如是一面鏡子，因此會有一隻小烏龜。」沐劍屏不解，問道：「爲甚麼？」韋小寶道：「你跟誰睡在一起？你的臉蛋像是一面鏡子，照出了那人的相貌，臉上自然就有隻小烏龜了。」方怡道：「呸，你自己過來照照，小郡主臉上才有隻小烏龜。」韋小寶道：「我如過來照照，好妹子臉上便出現一個又漂亮、又神氣的大老爺。」方沐二人都笑了起來。方怡笑道：「小烏龜大老爺，那是個甚麼大老爺？」

三人低笑了一陣。方怡道：「喂，咱們怎麼逃出宮去？你得給想個法子。」

韋小寶這些日子來到處受人奉承，但一回到自己屋裏，便感孤寂無聊，忽然有方沐兩個年輕姑娘相陪，雖然每一刻都有給人撞見的危險，可實在捨不得她們就此離去，說道：「這可得慢慢想法子。你們身上有傷，只要踏出這房門一步，立時便給人拿了。」

方怡輕輕嘆了口氣，問道：「我們昨晚進宮來的同伴，不知有幾人死了，幾人給拿了？遭難的人叫甚麼名字，你可知道麼？」韋小寶搖頭道：「不知道。你既關心，我可以給你去打聽打聽。」方怡低聲道：「多謝你啦。」

韋小寶自從和她相識以來，從未聽她說話如此客氣，心下略感詫異。

沐劍屏道：「尤其要問問，有一個姓劉的，可平安脫險了沒有？」韋小寶問道：「姓劉的？劉甚麼名字？」沐劍屏道：「那是我們劉師哥，叫作劉一舟。他……他是我師姊的心上人，那可……那可……」突然嗤的一聲笑，原來方怡在她肢窩中呵癢，不許她說下去。

韋小寶「啊」的一聲，道：「劉一舟，嗯，這……這可不妙。」方怡情不自禁，忙問：「怎麼啦？」韋小寶道：「那不是一個身材高高，臉孔白白，大約二十幾歲的漂亮年輕人？這人武功可著實了得，是不是？」他自然不知劉一舟是何等樣人，但想此人既是方怡的意中人，諒必是個漂亮的年輕人，既是她們師哥，說他武功很高也不會錯。

果然沐劍屏道：「對了，對了，就是他。方師姊說，昨晚她受傷之時，見到劉師哥給三名侍衛打倒了，一名侍衛按住了他，多半是給擒住了。不知現今怎樣？」

韋小寶嘆道：「唉，這位劉師傅，原來是方姑娘的心上人……」不住搖頭嘆氣。

方怡滿臉憂色，問道：「桂大哥，那劉……那劉師哥怎樣了？」

韋小寶心想：「臭小娘，跟我說話時一直沒好聲氣，提到了你劉師哥，卻叫我桂大哥起來。我且嚇她一嚇。」又長嘆一聲，搖了搖頭，道：「可惜，可惜！」

方怡驚問：「怎麼啦？他……他……他是受了傷，還是……還是死了？」

韋小寶哈哈大笑，說道：「甚麼劉一舟、劉兩屁，老子從來沒見過。他是死了活了，我怎麼知道？你叫我三聲『好老公』，我就給你查查去。」

方怡先前見他搖頭嘆氣，連稱「可惜」，只道劉一舟定然凶多吉少，忽然聽他這麼說，心下大喜，啐道：「說話沒半點正經，到底那一句話是眞，那一句話是假？」

韋小寶道：「這個劉一舟倘若落在我手裏，哼哼，我先綁住了他，狠狠拷打他一頓，打得他屁股變成四片，問他用甚麼花言巧語，騙得了我老婆的芳心。然後我提起刀來，一刀砍將下去，這麼嚓的一聲……」沐劍屏道：「你殺了他？」韋小寶道：「不是，我割了他卵蛋，叫他變成個太監。」沐劍屏不懂他說些甚麼。方怡卻是明白的，滿臉飛紅，罵道：「小滑頭，就愛胡說八道！」韋小寶道：「你那劉師哥多半已給擒住了。要不要他做太監，我桂公公說出話來，倒有不少人肯聽。方姑娘，你求我不求？」

方怡臉上又一陣紅暈，囁嚅不語。沐劍屏道：「桂大哥，你肯幫人，用不到人家開言相求，那才是俠義英雄。」韋小寶搖手道：「不對，不對！我就最愛聽人家求我。越是『好老公、親老公』的叫得親熱，我給人家辦起事來越有精神。」

方怡遲疑半晌，道：「桂大哥，好大哥，我求你啦。」韋小寶板起了臉，道：「要叫老公！」沐劍屏道：「你這話不對了。我師姊將來是要嫁劉師哥的，劉師哥才是她老公，她怎麼肯叫你老公？」韋小寶道：「不行，她嫁劉一舟，老子要喝醋，大大的喝醋。」沐劍屏道：「劉師哥人是很好的。」

韋小寶道：「他越好，我越喝醋，越喝越多。啊喲，酸死了，酸死了！喝的醋太多，哈哈，哈哈，哈哈！」大笑聲中，捧了那個包裹，走出屋去，反鎖了房門，帶了四名隨從太監，騎馬去西長安街吳應熊在北京的寓所。

他在馬背之上，不住右手虛擊，呼叫：「梆梆梆，梆梆梆！」衆隨從都不明其意，又怎想得到，桂公公這次是奉聖旨去發財，自然要將雲南竹槓「梆梆梆」的敲得直響。

吳應熊聽說欽使到來，忙出來磕頭迎接，將韋小寶接進大廳。

韋小寶道：「皇上吩咐我，拿點東西來給你瞧瞧。小王爺，你膽子大不大？」吳應熊道：「卑職的膽子是最小的，受不起驚嚇。」韋小寶一怔，笑道：「你受不起驚嚇？

幹起事來，可大膽得很哪！」吳應熊道：「公公的意思，卑職不大明白，還請明示。」昨晚在康親王府中，他自稱「在下」，今日韋小寶乃奉旨而來，眼見他趾高氣揚，隱隱覺得勢頭不好，連聲自稱「卑職」。

韋小寶道：「昨晚你一共派了多少刺客進宮去？皇上叫我來問問。」

昨晚宮裏鬧刺客，吳應熊已聽到消息，突然聽得韋小寶這麼問，這一驚非同小可，立即跪倒，向著天井連連磕頭，說道：「皇上待微臣父子恩重如山，微臣父子就是做牛做馬，也報答不了皇上的恩典。微臣吳三桂、吳應熊父子甘為皇上效死，決無貳心。」

韋小寶笑道：「起來，起來，慢慢磕頭不遲。小王爺，我給你瞧些物事。」說著解開包袱，攤在桌上。

吳應熊站起身來，看到包袱中的兵器衣服，不由得雙手發抖，顫聲道：「這……這……這……」拿起那張口供，見上面寫得明明白白，刺客是奉了平西王吳三桂差遣，入宮行刺，決意殺死韃子皇帝，立吳三桂為主云云。饒是吳應熊機變多智，卻也不禁嚇得魂不附體，雙膝一軟，又即跪倒，這一次是跪在韋小寶面前，說道：「桂……公公，這……這決不是真的，微臣父子受了奸人……陷害，萬望公公奏明聖上，奏……奏明……」

韋小寶道：「這些兵器，都是反賊攜入宮中的，圖謀不軌，大逆不道。兵器上卻都刻了貴府的招牌老字號。」吳應熊道：「微臣父子仇家甚多，必是仇家奸計。」韋小寶沉吟道：「你這話本來也有三分道理，就不知皇上信不信。」吳應熊道：「公公大恩大德，懇請給卑職父子分剖明白。卑職父子的身家性命，都出於公公所賜。」

韋小寶道：「小王爺，你且起來。你昨晚已先送了我一份禮，倒像早已料到有這件事似的，嘿嘿，嘿嘿！」吳應熊本待站起，聽他這句話說得重了，忙又跪倒，說道：「只要公公向皇上給卑職父子剖白幾句，皇上聖明，必定信公公的說話。」

韋小寶道：「這件事早鬧了開來啦，索額圖索大人、侍衛頭兒多隆多大人，都已見過皇上，回稟了刺客的供狀。你知道啦，這等造反的大事，誰有天大膽子敢按了下來？給你在皇上面前剖白幾句，也不是不可以。我還想到了一個妙計，雖不是十拿九穩，卻多半可以洗脫你父子的罪名，只不過太也費事罷了。」吳應熊大喜道：「全仗公公搭救。」

韋小寶道：「請起來好說話。」吳應熊站起身來，連連請安。

韋小寶低聲問道：「刺客當眞不是你派去的？」吳應熊道：「決計不是！卑職怎能幹這等十惡不赦、罪該萬死之事？」韋小寶道：「好，我交了你這朋友，就信了你這次。倘若刺客是你派去的，日後查了出來，那可坑死了我，我非陪著你給滿門抄斬不可。」吳應熊道：「公公萬安，放一百個心，決無此事。」

韋小寶道：「那麼依你看，這些反賊是誰派去的？」吳應熊沉吟道：「微臣父子仇家甚多，一時之間，實難確定。」韋小寶道：「你要我在皇上面前剖白，總得找個仇家出來認頭，皇上才能信啊。」吳應熊道：「是，是！家嚴為大淸打天下，剿滅的叛逆著實不少，這些叛逆的餘黨都十分痛恨家嚴。好比李闖的餘逆啦，前明唐王、桂王的餘黨啦，雲南沐家的餘黨啦，他們心中懷恨，甚麼作亂犯上的事都做得出來。」

韋小寶點頭道：「甚麼李闖餘逆啦，雲南沐家的餘黨啦，這些人武功家數是怎樣的？你教我幾招，我去演給皇上看，說道我昨晚親眼見到，刺客使的是這種招數，貨眞價實，決計錯不了。」

吳應熊大喜，忙道：「公公此計大妙。卑職於武功一道，所懂的實在有限，要去問一問手下人。公公，你請坐一會兒，卑職立刻就來。」說著請了個安，匆匆入內。

過得片刻，他帶了一人進來，正是手下隨從的首領楊溢之，昨晚韋小寶曾幫他贏過七百兩銀子的。楊溢之上前向韋小寶請安，臉上深有憂色，吳應熊自已對他說了原由。

韋小寶道：「楊大哥，你不用躭心，昨晚你在康親王府裏練武，大出風頭，不少文武大臣都親眼見到，決不能說你入宮行刺。我也可以給你作證。」楊溢之道：「是，是！多謝公公。就只怕奸人陷害，反說世子帶我們去康王爺府中，好教衆位大臣作個見證，暗中卻另行差人，做那大逆不道之事。」韋小寶點頭道：「這話倒也不可不防。」楊溢之道：「世子說道，公公肯主持公道，在皇上跟前替我們剖白，眞是我們的大恩人。平西王仇家極多，各人的武功家數甚雜，只沐王府的武功自成一家，很容易認出來。」

韋小寶道：「嗯，可惜一時找不到沐王府的人，否則就可讓他演它幾個招式來瞧瞧。」楊溢之道：「沐家拳、沐家劍在雲南流傳已久，小人倒也記得一些，我演幾套請公公指點。刺客入宮，攜有刀劍，小人演一套沐家『迴風劍』如何？」韋小寶喜道：「你會沐家武功，那再好也沒有了。劍法我是一竅不通，一時也學不會，還是跟你學幾招『沐家拳』罷。」

楊溢之道：「不敢，公公力擒鰲拜，四海揚名，拳腳功夫定是極高的。小人使得不到之處，請公公點撥。」說著站到廳中，拉開架式，慢慢的一招一式使將出來。

這路沐家拳自沐英手上傳下來，到這時已逾三百年，歷代均有高手傳人，說得上是千錘百鍊之作，在雲南知者甚眾。楊溢之雖於這套拳法並不擅長，但他武功甚高，見聞廣博，一招招演將出來，氣度凝重，招式精妙。

韋小寶看到那招「橫掃千軍」時，讚道：「這一招極好！」後來又見到使「高山流水」，又讚：「這招也了不起！」待他將一套沐家拳使完，說道：「很好，很好！楊大哥，你武功當眞了得，康親王府中那些武師，便十個打你一個，也不是你對手。一時之間，我也學不了許多，只能學得一兩招，去皇上面前演一下。皇上傳了宮中武功好手來認，你想認不認得出這武功的來歷？」說著指手劃腳，將「橫掃千軍」與「高山流水」兩招依樣使出。

楊溢之喜道：「公公使這『橫掃千軍』與『高山流水』兩招，深得精要，會家子一見，便知是沐家拳法。公公聰敏過人，一見便會，我們吳家可有救了。」

吳應熊連連作揖，道：「吳家滿門百口，全仗公公援手救命。」

韋小寶心想：「吳三桂家裏有的是金山銀山，我也不用跟他講價錢。」當下作揖還禮，說道：「大家是好朋友。小王爺，你再說甚麼恩德、甚麼救命的話，可太也見外了。再說，我是盡力而爲，也不知管不管用。」吳應熊連稱：「是，是！」韋小寶將包袱包起，夾在脅下，心想：「這包東西可不忙給他。」忽然想起一事，說道：「小王爺，皇上叫我問你一件事，你們雲南有個來京的官兒，叫作甚麼盧一峯的，可有這一號人物？」

吳應熊一怔，心想：「盧一峯只是個綠豆芝麻般的小官，來京陛見，還沒見著皇上，皇上怎麼已知道了？」說道：「盧一峯是新委的雲南曲靖縣知縣，現下是在京中，等候叩見聖上。」韋小寶道：「皇上叫我問你，那盧一峯前幾天在酒樓上欺壓良民，縱容惡僕打人，不知這脾氣近來改好了些沒有？」

那盧一峯所以能得吳三桂委爲曲靖縣知縣，是使了四萬多兩銀子賄賂得來的，吳應熊曾從中抽了三千多兩，此刻聽韋小寶這麼說，大吃一驚，忙道：「卑職定當好好教訓他。」轉頭向楊溢之道：「即刻去叫那盧一峯來，先打他五十大板再說。」向韋小寶請了個安，道：「公公，請你啓奏皇上，說道：微臣吳三桂知人不明，薦人不當，請皇上降罪。這盧一峯立即革職，永不敘用，請吏部大人另委賢能。」

韋小寶道：「也不用罰得這麼重罷？」吳應熊道：「盧一峯這廝膽大妄爲，上達天聽，當眞罪不容誅。溢之，你給我狠狠的揍他。」楊溢之應道：「是！」

韋小寶心想：「這姓盧的官兒只怕性命不保。」說道：「兄弟這就回宮見皇上去，這兩招『橫掃千軍』和『高山流水』，可須使得似模似樣才好。」說著告辭出門。

吳應熊從衣袖中取出一個大封袋來，雙手呈上，說道：「桂公公，你的大恩大德，不是輕易報答得了的。不過多總管、索大人，以及衆位御前侍衛面前，總得稍表敬意。這裏一點小小意思，相煩桂公公代卑職分派轉交。皇上問起來，大夥兒都幫幾句口，微臣父子的冤枉就得洗雪了。」

韋小寶接了過來，笑道：「要我代你做人情嗎？這椿差事可不難辦啊！」他在宮中一年有餘，已將太監們的說話腔調學了個十足。貧嘴貧舌的京片子中，已沒半分揚州口音，倘若此時起始冒充小桂子，瞎了眼的海老公恐怕也不易發覺了。

吳應熊和楊溢之恭恭敬敬的送出府門。韋小寶在轎中拆開封袋一看，竟是十萬兩銀票，心想：「他奶奶的，老子先來個二一添作五。」將其中五萬兩銀票揣入懷裏，餘下五萬兩仍放入大封袋中。

韋小寶先去上書房見康熙，回稟已然辦妥，說吳應熊得悉皇上聖明，辨明了他父子的冤枉，感激得難以形容。

康熙笑道：「這也可嚇了他一大跳。」韋小寶笑道：「只嚇得他屁滾尿流。奴才好好的叮囑了他一番，說道這種事情，多半以後還會有的，叫他轉告吳三桂，務須忠心耿耿，報效皇上。」康熙不住點頭。韋小寶道：「我等嚇得他也夠了，這才跟他說，皇上明見萬里，一查刺客的武功，便料到是雲南沐家的反賊所爲。那吳應熊又驚又喜，打從屁股眼裏都笑了出來，不住口的頌讚皇上聖明。」康熙微微一笑。

韋小寶從懷中摸出封袋，說道：「他感激得不得了，拿了許多銀票出來，一共五萬兩，說送我一萬兩，另外四萬兩，要我分給宮中昨晚出力的衆位侍衛。皇上，你瞧，咱們這可發了大財哪。」那些銀票都是五百兩一張，一百張已是厚厚的一疊。

康熙笑道：「你小小孩子，一萬兩銀子一輩子也使不完了。餘下的銀子，你就分了給衆侍衛罷。」韋小寶心想：「皇上雖然聖明，卻料不到我韋小寶已有數十萬兩銀子的身家。」說道：「皇上，我跟著你，甚麼東西沒有？要這銀子有甚麼用？奴才一輩子忠心侍候你，你自會照管我。這五萬兩銀子，都賞給侍衛們好了。我只說是皇上的賞賜，何必讓吳應熊收買人心。」康熙本來不想冒名發賞，但聽到「收買人心」四字，不禁心中一動。

韋小寶見康熙沉吟不語，又道：「皇上，吳三桂派他兒子來京，帶來的金子銀子可眞不少，見人就送錢，未必安著甚麼好心。天下的地方百姓、金銀珠寶，本來一古腦兒都是你皇上的，可是吳三桂這老小子橫得很，倒像雲南是他吳家的。」

康熙點頭道：「你說的很是。這些銀子，就說是我賞的好了。」

韋小寶來到上書房外的侍衛房，向御前侍衛總管多隆說道：「多總管，皇上吩咐，昨晚衆侍衛護駕有功，欽賜白銀五萬兩。」多隆大喜，忙跪下謝賞。韋小寶笑道：「皇上現下很高興，你自己進去謝賞罷。」說著將那五萬兩銀票交了給他。

多隆隨著韋小寶走進書房，向康熙跪下磕頭，說道：「皇上賞賜銀子，奴才多隆和衆侍衛謝賞。」康熙笑著點了點頭。韋小寶道：「皇上吩咐：這五萬兩銀子嘛，你瞧著分派，殺賊有功的、奮勇受傷的就多分一些。」多隆道：「是，是。奴才遵旨。」

康熙心想：「小桂子又忠心，又不貪財，很是難得，他竟將這五萬兩銀子，眞的盡數賞了侍衛，自己一個錢也不拿。」

韋小寶和多隆一齊退出。多隆點出一疊一萬兩銀票，笑道：「桂公公，這算是我們衆侍衛的一番孝心，請公公賞收，去賞給小公公們。」韋小寶道：「啊哈，多總管，你這麼說，可不夠朋友了。我小桂子平生最敬重的，就是武藝高強的朋友。這五萬兩銀子，皇上倘若賞給了文官嘛，我小桂子不分他一萬，也得分上八千。是賞給你多總管的，你便分一兩銀子給我，我也不能收。我當你好朋友，你也得當我好朋友才是啊！」多隆笑道：「侍衛兄弟們都說，宮裏這許多有職司的公公們，桂公公年紀最小，卻最夠朋友，果然名不虛傳。」

韋小寶道：「多總管，請你給查查，昨晚擒來的反賊之中，可有一個叫作劉一舟的？倘若有這樣一個人，咱們便可著落在他身上，查明反賊的來龍去脈。」

多隆應道：「是，是！反賊報的自然都是假名，我去仔細查一查。」

韋小寶回到下處，將到門口，見御膳房的一名小太監在路旁等候。那小太監迎將上來，低聲道：「桂公公，那錢老闆又送了一口豬來，這次叫作甚麼『燕窩人參豬』，說是孝敬公公的，正在御膳房中候公公示下。」

韋小寶眉頭一皺，心想：「那口『茯苓花雕豬』還沒搞妥當，又送一口『燕窩人參豬』來，你當我們這裏皇宮是豬欄嗎？」但這人既已來了，不得不想法子打發。

當下來到御廚房中，見錢老闆滿臉堆歡，說道：「桂公公，小人那口『茯苓花雕豬』當眞是大補非凡，桂公吃了之後，你瞧神清氣爽，滿臉紅光。小人感激公公照顧，又送了一口『燕窩人參豬』來。」說著向身旁一指。

這口豬卻是活豬，全身白毛，模樣甚是漂亮，在竹籠之中不住打圈子。韋小寶不知他鬧甚麼玄虛，點了點頭。那錢老闆挨近身來，拉著韋小寶的手，道：「嘖，嘖，嘖！桂公公吃了『茯苓花雕豬』的豬肉，脈搏旺盛，果然大不相同。」韋小寶覺得手中多了一張紙條，御廚房中耳目眾多，也不便多問。錢老闆道：「這口『燕窩人參豬』吃法另有不同，請公公吩咐下屬，在這裏用上好酒糟餵上十天。十天之後，小人再來親手整治，請公公享用。」

韋小寶皺眉道：「那口『茯苓花雕豬』已搞得我虛火上升，麻煩不堪，甚麼人參豬、燕窩豬，錢老闆你自己觸祭罷，我可吃不消了。」錢老闆哈哈一笑，說道：「這是小人一點孝心，以後可再也不敢麻煩公公了。」說著請了幾個安，退了出去。

韋小寶心想這紙條上一定寫得有字，自己西瓜大的字認不上一擔，當下吩咐廚房中執事雜役好好飼養那口豬，自行回屋，尋思：「錢老闆這人當眞聰明，第一次在一口死豬中藏了個活人進宮，第二次若再送死豬進宮，不免引人懷疑，索性送一口活豬進來，讓牠在御膳房中餵著，甚麼花樣也沒有。就算本來有人懷疑，那也疑心盡去了。對，要使乖騙人，不但事先要想得周到，事後一有機會，再得設法補補漏洞。」又想：「這字條只好請小郡主瞧瞧，他媽的，有話不好明講嗎？寫他媽的甚麼字條？」

進得屋來，沐劍屏道：「桂大哥，有人來到門外，好像是送飯菜來的，定是見到門上上了鎖，沒打門就走了。」韋小寶道：「你怎知是送飯菜來的？嘿，你們聞到飯菜的香氣，可餓得很了，是不是？怎麼不吃糕餅點心？」沐劍屏吃吃而笑，說道：「老實不客氣，早吃過啦。」

方怡道：「桂……桂大哥，你可……」說到這裏，有些結結巴巴。

韋小寶道：「你劉師哥的事，我還沒查到。宮裏侍衛們說，沒抓到姓劉的人。」方怡低聲道：「多謝你啦。卻不知是不是給韃子殺了。再說，劉師哥即使給捉到了，也不會說是姓劉。大夥兒說好的，他冒充姓夏。吳三桂的女婿姓夏。劉師哥會招供說，那個姓夏的是他叔父。」韋小寶笑道：「那你豈不是成了吳三桂的親戚？」小郡主忙道：「那是假的。」韋小寶嘆道：「不過方姑娘想做吳三桂的姪孫媳婦甚麼的，可也做不成啦。你那劉師哥就算逃出了宮去，他在外面想你，你在宮裏想他，一輩子你想我、我想你的。一對情哥情姊兒見不了面，豈不難熬得很？」方怡臉上又是一紅，道：「我怎會在宮裏待一輩子？」

韋小寶道：「姑娘們一進了皇宮，怎麼還有出去的日子？像你這樣羞花閉月的妞兒，我小桂子一見就想娶了做老婆。倘若給皇帝瞧見了，非封你為皇后娘娘不可。方姑娘，我勸你還是做了皇后娘娘罷！」

方怡急道：「我不跟你多說。你每一句話總是嘔我生氣，逗我著急。」

韋小寶一笑，將手中字條交給沐劍屏，道：「小郡主，你唸一唸這字條。」沐劍屏接了過來，唸道：「『高陞茶館說英烈傳』，那是甚麼啊？」韋小寶已明其中道理：「天地會的人有事要見我，請我去茶館相會。」笑道：「枉爲你是沐家後人，連《英烈傳》也不知道。」沐劍屏道：「《英烈傳》我自然知道，那是太祖皇帝龍興開國的故事。」

韋小寶道：「有一回書，叫做『沐王爺三箭定雲南，桂公公雙手抱佳人』，你聽過沒有？」沐劍屏啐道：「我們黔寧王爺爺平定雲南，《英烈傳》中自然有的。可那有甚麼桂公公雙手……雙手的？」

韋小寶正色道：「你說桂公公雙手抱佳人，沒這回事？」沐劍屏道：「自然沒有，是你杜撰出來的。」韋小寶道：「咱們打一個賭，如果有怎樣？沒有又怎樣？」沐劍屏道：「《英烈傳》的故事我可聽得熟了，自然沒有，賭甚麼都可以。方師姊，沒有他說的事，是不是？」

方怡還沒回答，韋小寶已一躍上床，連鞋鑽入被窩，睡在兩人之間，左手摟住了方怡頭頸，右手抱住了沐劍屏的腰，說道：「我說有，就是有！」

方怡和沐劍屏同時「啊」的一聲驚呼，不及閃避，已給他牢牢抱住。沐劍屏伸出右手，將他用力一推，韋小寶乘勢側過頭去，伸嘴在方怡嘴上吻了一下，讚道：「好香！」

方怡待要掙扎，身子微微一動，胸口肋骨斷絕處劇痛，左手翻了過來，啪的一聲，打了他一記耳光。韋小寶笑道：「謀殺親夫哪，謀殺親夫哪！」一骨碌從被窩裏跳出來，抱住沐劍屏也親了個嘴，讚道：「一般的香！桂公公雙手抱佳人，有沒有呢？」嘻嘻而笑，隨手取了衣包，奔出屋子，反鎖了門。

柱子上綁著三條漢子，光著上身，已給打得血肉模糊。一個是虬髯大漢，另外兩個年輕人，一個皮肉甚白，另一個身上刺滿了花，胸口刺著個猙獰的虎頭。

第十三回　翻覆兩家天假手　興衰一劫局更新

韋小寶住處是在乾清門西、南庫之南的御膳房側，往北繞過養心殿，折而向西，過西三所、養華門、壽安門，往北過壽安宮、英華殿之側，轉東過西鐵門，向北出神武門。神武門是紫禁城的後門，一出神武門，便是出了皇宮，當下逕往高陞茶館來。

一坐定，茶博士泡上茶來，便見高彥超慢慢走近，向他使個眼色。韋小寶點了點頭，見高彥超出了茶館，於是喝了幾口茶，在桌上抛下一錢銀子，說道：「今兒這回書，沒甚麼聽頭。」慢慢踱出去，果見高彥超等在街角，走得幾步，便是兩頂轎子。高彥超讓韋小寶坐了一頂，自己跟了一段路，四下打量見沒人跟隨，坐上了另一頂。轎夫健步如飛，行了一頓飯時分，停了下來。韋小寶見轎子所停處是座小小的四合院，跟著高彥超入內。一進大門，便見天地會的衆兄弟迎了上來，躬身行禮。這時李力世、關安基、祁彪清等人也都已從天津、保定等地趕到，此外樊綱、風際中、玄貞道人以及那錢老闆都在其內。

韋小寶笑問：「錢老闆，你到底尊姓大名哪？」錢老闆道：「不敢，屬下真的是姓錢，名字叫作老本。本來的本，不是老闆的闆。意思是做生意蝕了老本。」韋小寶哈哈大笑，說道：「你精明得很，倘若當眞做生意，人家的老本可都給你賺了過來啦。」錢老本微笑道：「韋香主，您誇獎啦！」

衆人將韋小寶讓到上房中坐定。關安基心急，說道：「韋香主，你請看。」說著遞過一張大紅泥金帖子來，上面濃濃的黑墨寫著幾行字。韋小寶不接，說道：「這些字嘛，它們認得我，我可跟它們沒甚麼交情，哥兒倆這是初次相會，不認識。」

錢老本道：「韋香主，是張請帖，請咱們吃飯去的。」韋小寶道：「那好得很哪，誰這麼賞臉？」錢老本道：「帖子上寫的名字是沐劍聲。」

韋小寶一怔，道：「沐劍聲？」錢老本道：「那便是沐王府的小公爺。」韋小寶點頭道：「『茯苓花雕豬』的哥哥。」錢老本道：「正是！」韋小寶問道：「他請咱們大夥兒都去？」錢老本道：「他帖子上寫得倒很客氣，請天地會青木堂韋香主，率同天地會衆位英雄同去赴宴，就是今晚，是在朝陽門內南豆芽胡同。」韋小寶道：「這次不在楊柳胡同了？」錢老本道：「是啊，在京城裏幹事，落腳的地方得時時掉換才是。」

韋小寶道：「你想他是甚麼意思？在酒飯裏下他媽的蒙汗藥？」李力世道：「按理說，雲南沐王府在江湖上這麼大的名頭，沐劍聲又是小公爺身分，是跟咱們總舵主平起平坐的大人物，決不能使這等下三濫的勾當。不過會無好會，宴無好宴，韋香主所慮，卻也不可不防。」韋小寶道：「咱們去不去吃這頓飯哪？哼哼，宣威火腿、過橋米線、雲南汽鍋鷄，那是有得觸祭的了。」

衆人面面相覷，都不作聲。過了好一會，關安基道：「大夥兒要請韋香主示下。」

韋小寶笑道：「一頓好酒好飯，今晚大夥兒總是有得下肚的。要太太平平呢，就讓我作東道，咱們吃館子去，吃過飯後，再來推牌九賭錢，叫花姑娘也可以，都是兄弟會鈔。你們如想給我省錢呢，大夥兒就去擾那姓沐的。」這番話說得慷慨大方，其實卻十分滑頭，去不去赴宴，自己不拿主意。

關安基道：「韋香主請衆兄弟吃喝玩樂，那是最開心不過的。不過這姓沐的邀請咱們，要是不去，不免墮了天地會的威風。」韋小寶道：「你說該去？」眼光轉到李力世、樊綱、祁彪淸、玄貞、風際中、錢老本、高彥超等人臉上，見各人都緩緩點了點頭。

韋小寶道：「大夥兒都說去，咱們就去吃他的、喝他的。兵來將擋，水來土掩，茶來伸手，飯來張口。毒藥來呢？咱們咕嚕一聲，也他媽的吞入了肚裏。這叫做英雄不怕死，怕死不英雄。」

李力世道：「大家小心在意，總瞧得出一些端倪。大夥兒商量好了，有的喝茶，有的不喝，有的飲酒，有的不飲，有的不吃肉，有的不吃魚。就算他們下毒，也不能讓他們一網打盡。但如大家甚麼都不吃，可又惹他們笑話了。」

衆人商量定當，閒談一會。挨到申牌時分，韋小寶除下太監服色，又打扮成個公子哥兒的模樣。他仍坐了轎子，在衆人簇擁之下，往南豆芽胡同而去。韋小寶心想：「在宮裏日日夜夜提心吊膽，只怕老婊子來殺我，那有這般做青木堂香主的逍遙快樂？只是師父吩咐過，要我在宮裏打探消息，倘若自行出來，只怕香主固然做不成，這條小命能不能保，咱們也得騎驢看唱本，走著瞧！」

南豆芽胡同約在兩里之外，轎子剛停下，便聽得鼓樂絲竹之聲。韋小寶從轎中出來，耳邊聽得一陣嗩吶吹奏，心道：「娶媳婦兒嗎？這般熱鬧。」只見一座大宅院大門中開，十餘人衣冠齊楚，站在門外迎接。當先一人是個二十五六歲的青年，身材高瘦，英氣勃勃，說道：「在下沐劍聲，恭迎韋香主大駕。」

韋小寶這些日子來結交親貴官宦，對方這等執禮甚恭的局面見得慣了。常言道：「居移氣，養移體」，他每日裏和皇帝相伴，甚麼親王、貝勒、尚書、將軍，時時見面，也不當怎麼一會子事，因此年紀雖小，已自然而然有股威嚴氣象。沐劍聲名氣雖大，卻也大不過康親王、吳應熊這些人，當下拱了拱手，說道：「小公爺多禮，在下可不敢當。」打量他相貌，見他面容微黑，眉目之間，和小郡主沐劍屏依稀有些相似。

沐劍聲早知天地會在北京的首領韋香主是個小孩，又聽白寒楓說這小孩武藝低微，油嘴滑舌，是個小潑皮，料想他不過倚仗師父陳近南的靠山，才做到香主，此刻見他神色鎮定，一副漫不在乎的模樣，心想：「這孩子只怕也有點兒門道。」當下讓進門去。

廳中椅子套上了紅緞套子，放著錦墊，各人分賓主就座。「聖手居士」蘇岡、白寒楓和其餘十多人，都垂手站在沐劍聲之後。

沐劍聲與李力世、關安基等人一一通問姓名，說了許多久仰大名等等客套話。李力世等均想：「這位沐家小公爺倒沒架子，說話依足了江湖上的規矩。」

僕役送上香茶，廳口的鼓樂手又吹奏起來，乃是歡迎貴賓的隆重禮數。鼓樂聲中，沐劍聲吩咐：「開席！」引著衆人走進內廳。手下人關上了廳門。

廳上居中一張八仙桌，披著繡花桌圍，下首左右各有一桌，桌上器皿陳設雖無康親王府的豪闊，卻也頗爲精致。沐劍聲微微躬身，說道：「請韋香主上座。」韋小寶看這局面，這首席當是自己坐了，說道：「這個，咱們只好不客氣啦。」沐劍聲在下首主位相陪。

各人坐定後，沐劍聲道：「有請師父。」

蘇岡和白寒楓走進內室，陪了一個老人出來。沐劍聲站著相迎，說道：「師父，天地會青木堂韋香主今日大駕光臨，可給足了我們面子。」轉頭向韋小寶道：「韋香主，這位柳老師傅，是在下的授業恩師。」

韋小寶站起身來，拱手道：「久仰。」見這老人身材高大，滿臉紅光，白鬚稀稀落落，足有七十來歲年紀，精神飽滿，雙目炯炯有神。

那老人目光在韋小寶臉上一轉，笑道：「天地會近來好大的名頭……」他話聲極響，這幾句話隨口說來，卻如常人放大了嗓子叫嚷一般，接著道：「……果然是英才輩出，韋香主如此少年，眞是武林中少見的奇才。」

韋小寶笑道：「是少年，倒也不錯，只不過既不是英才，更不是奇才，其實是個蠢才。那日我給白師傅扭住了手，動彈不得，險些兒連『我的媽啊』也叫了出來。在下的武功當眞稀鬆平常之至。哈哈，可笑！可笑，哈哈！」

衆人一聽，都愕然失色。白寒楓的臉色更十分古怪。

那老人哈哈的笑了一陣，說道：「韋香主性子爽直，果然是英雄本色。老夫可有三分佩服了。」韋小寶笑道：「三分佩服，未免太多，有他媽的一分半分，不將在下當作沒出息的小叫化、小把戲、小猴兒，也就是了。」那老人又哈哈大笑，道：「韋香主說笑了。」

玄貞道人問道：「老前輩可是威震天南、武林中人稱『鐵背蒼龍』的柳老英雄嗎？」

那老人笑道：「不錯，玄貞道長倒還知道老夫賤名。」玄貞心中一凜：「我還沒通名，他已知道我名字，沐家這次可打聽得十分周到。『鐵背蒼龍』柳大洪成名已久，聽說當年沐天波對他也好生敬重。清軍打平雲南，柳大洪出全力救護沐氏遺孤，沐劍聲便是他的親傳弟子，乃沐王府中除沐劍聲之外的第一號人物。」躬身道：「柳老英雄當年怒江誅三霸，騰衝殺清兵，俠名播於天下。江湖上後生小子說起老英雄來，無不敬仰。」

柳大洪道：「嘿嘿，那是許多年前的事了，還說它作甚？」臉色顯得十分歡喜。

沐劍聲道：「師父，你老人家陪韋香主坐。」柳大洪道：「好！」便在韋小寶身旁坐下。這張八仙桌向外一邊空著，上首是韋小寶、柳大洪，左首是李力世、關安基，右首下座是沐劍聲，上座虛位以待。天地會羣豪均想：「你沐王府又要請一個甚麼厲害人物出來？」只聽沐劍聲道：「扶徐師傅出來坐坐，讓衆位好朋友見了，也好放心。」

蘇岡道：「是！」入內扶了一個人出來。

李力世等人一見，都又驚又喜，齊叫：「徐三哥！」這人弓腰曲背，正是「八臂猿猴」徐天川。他臉色蠟黃，傷勢未愈，但性命顯然已經無礙。天地會羣豪一齊圍了上去，紛紛問好，不勝之喜。

沐劍聲指著自己上首的坐位，說道：「徐師傅請這邊坐。」

徐天川走上一步，向韋小寶躬身行禮道：「韋香主，你好。」韋小寶抱拳還禮道：

「徐三哥你好，近來膏藥生意不大發財罷？」徐天川嘆道：「簡直沒生意。屬下給吳三桂手下的走狗擄了去，險些送了老命，幸蒙沐家小公爺和柳老英雄相救脫險。」

天地會羣豪都是一怔。樊綱道：「徐三哥，原來那日是吳三桂手下那批漢奸做的手腳。」徐天川道：「正是。這批漢奸闖進回春堂來，捉了我去，那盧……盧一峯這狗賊臭罵了我一頓，將一張膏藥貼在我嘴上，說要餓死我這隻老猴兒。」

眾人聽得盧一峯在內，那是決計不會錯的了。樊綱、玄貞等齊向蘇岡、白寒楓道：「那日多有冒犯。眾位英雄義氣深重，我天地會感激不盡。」蘇岡道：「不敢。我們只是奉小公爺之命辦事，不敢居功。」白寒楓哼了一聲，顯然搭救徐天川之事大違他意願。關安基道：「徐三哥給人擄去後，我們到處查察，尋不到線索，心中這份焦急，那也不用說了。貴府居然救出了徐三哥，令人好生佩服。」蘇岡道：「吳三桂手下的雲南狗官，都是沐家死對頭，我們自然盯得他們很緊。這狗官冒犯徐三哥，給我們發覺了，也沒甚麼希奇。」

韋小寶心想：「這小公爺倒精明得很，他妹子給我扣著，他先去救了徐老兒出來，好求我放他妹子。我且裝作不知，卻聽他有何話說。」向徐天川道：「徐三哥，你給白二俠打得重傷，他手上的勁道，可厲害得很哪，你活得了嗎？不會就此歸天罷？」

徐天川道：「白二俠當日手下容情，屬下將養了這幾日，已好得多啦。」

白寒楓向韋小寶怒目而視。韋小寶卻笑吟吟地，似乎全沒瞧見。衆僕斟酒上菜，菜餚甚是豐盛。天地會羣豪一來見徐天川是他們所救，二來又有「鐵背蒼龍」柳大洪這等大名鼎鼎的老英雄在座，料想決計不致放毒，盡皆去了疑慮之心，酒到杯乾，放懷吃喝。

柳大洪喝了三杯酒，一捋鬍子，說道：「衆位老弟，貴會在京城直隸，以那一位老弟爲首？」李力世道：「在京城直隸一帶，敝會之中，職位最尊的是韋香主。」柳大洪點頭道：「很好，很好！」喝了一杯酒，問道：「但不知這位小老弟，於貴我雙方的糾葛，能有所擔當麼？」

韋小寶道：「老爺子，你有甚麼吩咐，請不妨說出來聽聽。我韋小寶人小肩膀窄，小事還能擔當這麼一分半分，大事可就把我壓垮了。」

天地會與沐王府羣豪都不由微微皺眉，均想：「這孩子說話流氓氣十足，一開口就要無賴，不是英雄好漢的氣概。」

柳大洪道：「你不能擔當，這件事可也不能罷休。那只好請小老弟傳話去給尊師，請陳總舵主趕來處理了。」韋小寶道：「老爺子有甚麼事要跟我師父說，你寫一封信，我們給你送去便是。」柳大洪嘿嘿一笑，道：「這件事嗎，是白寒松白兄弟死在徐三爺手下，不知如何了結？要請陳總舵主拿句話出來。」

徐天川霍地站起，昂然說道：「沐小公爺、柳老英雄，你們把我從漢奸手下救了出來，免遭惡徒折辱，在下感激不盡。白大俠是在下失手所傷，在下一命抵一命，這條老命賠了他便是，又何必讓陳總舵主和韋香主爲難？樊兄弟，借你佩刀一用。」說著伸出右手，向著樊綱，意思非常明白，他是要當場自刎，了結這場公案。

韋小寶道：「慢來，慢來！徐三哥，你且坐下，不用這麼性急。你年紀一大把，怎地火氣這麼大？我是天地會青木堂的香主不是？你不聽我吩咐，可太也不給我面子了。」天地會中「不遵號令」的罪名十分重大，徐天川忙躬身道：「徐天川知罪，敬奉韋香主號令。」

韋小寶點點頭，說道：「這才像話。白大俠人也故世了，就算要徐三哥抵命，人也活不轉啦，做來做去總是賠本生意，可不是生意經。」

衆人的目光都瞪視在他臉上，不知他接下去要胡說八道甚麼。天地會羣豪尤其躭心，均想：「本會在武林中的聲名，可別給這甚麼也不懂的小香主敗壞了。倘若他說出一番不三不四的言語來，傳到江湖之上，我們日後可沒臉見人。」

只聽韋小寶接著道：「小公爺，你這次從雲南來到北京，身邊就只帶了這幾位朋友麼？好像少了一點罷？」

沐劍聲哼了一聲，問道：「韋香主這話是甚麼用意？」韋小寶道：「那也沒甚麼用意。小公爺這樣尊貴，跟我韋小寶大不相同，來到京城，不多帶一些人保駕，一個不小心，給韃子走狗拿了去，豈不是大大的犯不著？」沐劍聲長眉一軒，道：「韃子走狗想要拿我，可也沒這麼容易。」韋小寶笑道：「小公爺武藝驚人，打遍天下……嘿嘿……這個對手很少，韃子自然捉你不去了。不過……不過沐王府中其他的朋友，未必個個都似小公爺這般了得，倘若給韃子順手牽羊，反手牽牛，這麼希哩呼嚕的請去了幾位，似乎也不怎麼有趣了。」

沐劍聲一直沉著臉聽他嘻皮笑臉的說話，等他說完，說道：「韋香主此言，可是譏刺在下麼？」說到這句話時，臉上神色更加難看。

韋小寶道：「不是，不是。我這一生一世，只有給人家欺侮，決不會去欺侮人家的。人家抓住了我的手，你瞧，烏青也還沒退，痛得我死去活來，這位白二俠，嘿嘿，手勁眞不含糊。那兩招『橫掃千軍』、『高山流水』，可了不起，去搭救你們給韃子拿了去的朋友，必定管用，說甚麼也是旗開得勝，馬到成功。」

白寒楓臉色鐵青，待要說話，終於強行忍住。柳大洪向沐劍聲望了一眼，說道：「小兄弟，你的話有些高深莫測，我們不大明白。」韋小寶笑道：「老爺子太客氣了，我的話低淺莫測是有的，『高深莫測』四字，那可不敢當了。低淺之至，低淺之至。」

柳大洪道：「小兄弟說道，我們沐王府中有人給韃子拿了去，不知這話是甚麼意思？」韋小寶道：「一點意思也沒有。小王爺、柳老爺子，我酒量也是低淺莫測，多半是我喝醉了酒，胡說八道，他媽的作不得數。」

沐劍聲哼了一聲，強抑怒氣，說道：「原來韋香主是消遣人來著。」韋小寶道：「小公爺，你想消遣嗎？你在北京城裏逛過沒有？」沐劍聲氣勢洶洶的道：「怎麼樣？」韋小寶道：「北京城可大得很哪，你們雲南的昆明，那是沒北京城大的了。」沐劍聲愈益惱怒，大聲道：「那怎麼樣？」

闞安基聽韋小寶東拉西扯，越來越不成話，插口道：「北京城花花世界，就可惜給韃子佔了去，咱們稍有血性之人，無不惱恨。」

韋小寶不去理他，繼續說道：「小公爺，你今天請我喝酒，在下沒甚麼報答，幾時你有空，我帶你到北京城各處逛逛。有個熟人帶路，就不會走錯了。否則的話，倘若亂闖亂走，一不小心，走進了韃子的皇宮，小公爺武功雖高，可也不大方便。」

柳大洪道：「小兄弟言外有意，你如當我是朋友，可不可以請你說得更明白些？」

韋小寶道：「我的話再明白沒有了。沐王府的朋友們，武功都是極高的，甚麼『橫掃千軍』、『高山流水』，使得再厲害也沒有了，可惜在北京城裏人生路不熟，在街上逛逛，三更半夜裏又瞧不大清楚，胡裏胡塗的，說不定就逛進了紫禁城去。」

柳大洪又向沐劍聲望了一眼，問韋小寶道：「那又怎樣？」

韋小寶道：「聽說紫禁城中一道道門戶很多，一間間宮殿很多，胡亂走了進去，如果沒皇帝、皇太后帶路，很容易迷路，一輩子走不出來，也是有的。在下沒見過世面，不知皇帝、皇太后有沒有空，白天黑夜給人帶路。或許沐王府小公爺面子大，你們手下衆位朋友抬了小公爺的字號出來，把小皇帝、皇太后這老婊子嚇倒了，那也難說。」

衆人聽他管皇太后叫「老婊子」，都覺頗爲新鮮。皇太后是韃子皇族的首腦，竟有人大聲叫她老婊子，各人聽了都感痛快。關安基、祁彪清等忍不住笑了出來。韋小寶在肚裏常罵太后爲「老婊子」，此刻竟能在大庭廣衆之間大聲罵出口，心中的痛快，當眞難以形容。

柳大洪道：「小公爺的手下行事小心謹愼，決不會闖進皇宮去的。聽說吳三桂那大漢奸的兒子吳應熊也在北京，他派人去皇宮幹些勾當，也未可知。」

韋小寶點頭道：「柳老爺子說得不錯。在下有個賭骰子的小朋友，是在皇宮裏服侍御前侍衛的。他說昨晚宮裏捉到了幾名刺客，招認出來是沐王府小公爺的手下……」

沐劍聲失驚道：「甚麼？」右手一顫，手裏的酒杯掉了下來，噹的一聲，碎成幾片。

韋小寶道：「我本來倒也相信，心想沐家是大明的大大忠臣，派人去行刺韃子皇帝，那是……那是這個大大的英雄好漢。此刻聽柳老爺子說了，才知原來是漢奸吳三桂的手下，那可饒他們不得了。我馬上去跟那朋友說，叫他想法子好好整治一下這些刺客。他媽的，大漢奸手下，有甚麼好東西了？非叫他們多吃些苦頭不可。」
柳大洪道：「小兄弟，你那位朋友尊姓大名？在韃子宮裏擔任甚麼職司？」
韋小寶搖頭道：「他是給御前侍衛掃地、沖茶、倒便壺的小廝，說出來丟臉得很，人家叫他癩痢頭小三子，有甚麼尊姓大名了？那些刺客給綁著，我本來叫癩痢頭小三子偷偷拿些好東西給他們吃。柳老爺子既說他們是大漢奸的手下，我可要叫他拿刀子在他們大腿上戳上幾刀，免得給那些烏龜王八蛋逃了。」
柳大洪道：「我也只是揣測，作不得準。他們既膽敢到宮中行刺，那也是了不起的好漢子。韋香主如能託貴友照看一二，也是出於江湖上的義氣。」
韋小寶道：「這癩痢頭小三子，跟我最好不過，他賭錢輸了，我總十兩八兩的給他，從來不要他還。小公爺和柳老爺子有甚麼吩咐，我叫小三子去幹，他可不敢推託。」
柳大洪吁了一口氣，說道：「如此甚好。不知宮裏擒到的刺客共有幾人？叫甚麼名字？這些刺客，我們是很佩服的，眼下不知是否很吃了苦頭？貴友如能代爲打聽，在下很承韋香主的情。」
韋小寶一拍胸脯，說道：「這個容易。可惜刺客不是小公爺手下的兄弟，否則的話，我設法去救他一個出來，交了給小公爺，一命換一命，那麼徐三哥失手傷了白大俠之事，也就算一筆勾銷了。」

柳大洪向著沐劍聲瞧去，兩人緩緩點頭。沐劍聲道：「我們不知這些刺客是誰，但既去行刺韃子皇帝，總是仁人義士，是咱們反清復明的同道。韋香主，你如能設法相救，不論成與不成，沐劍聲永感大德。徐三爺和白大哥的事，自然再也休提。」

韋小寶轉頭向白寒楓瞧去，說道：「小公爺不提，就怕白二俠不肯罷休，下次見面又來抓住我的手，捏得我大哭大叫，這味道可差勁得很。」

白寒楓霍地站起，朗聲說道：「韋香主如能救得我們……我們……能救得那些失陷了的俠客義士，姓白的這隻手得罪了韋香主，自當斷此一手，向韋香主陪罪。」

韋小寶笑道：「不用，不用，你割一隻手給我，我要來幹甚麼？再說，我那癩痢頭兄弟有沒本事在皇宮救人，那也難說得很。這些人行刺皇帝，那是多大的罪名，身上不知上了幾道腳鐐手銬，又不知有多少人看守。我說去救人，也不過吹吹牛，大家說著消遣罷了。」

沐劍聲道：「在皇宮中救人，自然千難萬難，我們也不敢指望成功。但只要韋香主肯從中盡力，不管救得出、救不出，大夥兒一般的同感大德。」頓了一頓，又道：「還有一件事，舍妹日前忽然失蹤，在下著急得很。天地會衆位朋友在京城交遊廣闊，眼線衆多，如能代爲打聽，設法相救，在下感激不盡。」

韋小寶道：「這件事容易辦，小公爺放一百二十個心。好，咱們酒也喝夠了，我這就去找那癩痢頭小三子商量商量。他媽的玩他兩手，倒也快活。」一伸手，從懷中摸了些物事出來，往八仙桌上一捽，赫然是四粒骰子，滾了幾滾，四粒盡是紅色的四點朝天，韋小寶拍手道：「滿堂紅，滿堂紅，上上大吉！唉，可不要人人殺頭，殺個滿堂紅才好。」衆人相顧失色，盡皆愕然。

韋小寶收起骰子，拱手道：「叨擾了，這就告辭。徐三哥跟我們回去，成不成？」沐劍聲道：「韋香主太客氣了。在下恭送韋香主、徐三爺和天地會衆位朋友的大駕。」

當下韋小寶和徐天川、李力世、關安基等人離席出門。沐劍聲、柳大洪等直送至大門之外，眼看韋小寶上了轎，這才回進屋去。

羣豪回到那四合院中。關安基最是性急，問道：「韋香主，宮裏昨晚鬧刺客麼？瞧他們神情，多半是沐王府派去的。」韋小寶笑道：「正是。宮裏昨晚來了刺客，這事誰也不敢洩漏，外間沒一人得知，他們卻絲毫不覺奇怪，自然是他們幹的。」玄貞道：「他們膽敢去行刺韃子皇帝，算得膽大包天，倒也令人好生欽佩。韋香主，他們給擒住了的人，你說能救得出麼？只怕這件事極難。」

韋小寶在席上與沐劍聲、柳大洪對答之時，早已打好了主意，要搭救被擒的刺客，那是決無可能，但自己屋裏床上，卻好端端的躺著一個小郡主、一個方怡。小郡主是天地會捉去的，放了也算不得數，那方怡卻是闖進宮去的刺客，想法子讓她混出宮來，卻非難事。他聽玄貞這麼問，微笑道：「多了不行，救個把人出來，多半還辦得到。徐三哥只殺了白寒松一個，咱們弄一個人出來還他們，一命抵一命，他們也不吃虧了。何況他們連本帶利，還有利錢，連錢老闆弄來的那個小姑娘，一併也還了他們，還有甚麼說的？錢老闆，明天一早，你再抬兩口死豬到御膳房去，再到我屋裏裝了人，我在廚房裏大發脾氣，罵得你狗血淋頭，說這兩口豬不好，逼你立刻抬出宮去。」

錢老本拍掌笑道：「韋香主此計大妙。裝小姑娘的那口死豬，倒也罷了，另一口可得挑選特大號的。」

韋小寶向徐天川慰問了幾句，說道：「徐三哥，你別煩惱。盧一峯這狗賊得罪了你，我叫吳應熊打斷他的狗腿。」徐天川應道：「是，是。多謝韋香主。」心中半點不信：「小孩子家胡言亂語，吳應熊是平西王世子，多大的氣燄，怎會來聽你的話？」韋小寶答允爲他解開誤殺白寒松的死結，雖然好生感激，卻也不信他眞能辦成這件一命換一命的大事。

韋小寶剛回皇宮，一進神武門，便見兩名太監迎了上來，齊聲道：「桂公公，快去，快去，皇上傳你。」韋小寶道：「有甚麼要緊事了？」一名太監道：「皇上已催了幾次，像是有急事。皇上在上書房。」

韋小寶快步趕到上書房。康熙正在房中踱來踱去，見他進來，臉有喜色，罵道：「他媽的，你死到那裏去啦？」

韋小寶道：「回皇上：奴才心想刺客膽大妄爲，如不一網打盡，恐怕不大妙，說不定還會鬧事，要讓皇上操心，須得找到暗中主持的那個正主兒才好。因此剛才換了便服，到各處大街小巷走走，想探聽一下，到底刺客的頭兒是誰？是不是在京城之中。」康熙道：「很好，可探到了甚麼消息？」韋小寶心想：「若說一探便探到消息，未免太巧。」說道：「走了半天，沒見到甚麼惹眼之人，明天想再去查察。」

康熙道：「你亂走瞎闖，未必有用。我倒有個主意。」

韋小寶喜道：「皇上的主意必是好的。」康熙道：「適才多隆稟告，擒到的三個刺客口風很緊，不論怎麼拷打誘騙，始終咬實是吳三桂所遣，看來便再拷問，也問不出一句眞話。我想不如放了他們。」韋小寶道：「放了？這……這太便宜他們了。」康熙道：「這些刺客是奉命差遣，雖然叛逆犯上，殺不殺無關大局，最要緊的是找到主謀，一網打盡，方無後患。」說到這裏，微笑道：「放了小狼，小狼該去找母狼罷？」

韋小寶大喜，拍掌笑道：「妙極，妙極！咱們放了刺客，卻暗中躡著，他們自會去跟反賊的頭子會面。皇上神機妙算，當眞勝過三個諸葛亮。」

康熙笑道：「甚麼勝過三個諸葛亮？你這馬屁未免拍得太過。只是如何躡著刺客，不讓他們發覺，倒不大易辦。小桂子，我給你一件差使，你假裝好人，將他們救出宮去，那些刺客當你是同道，自然帶你去了。」韋小寶沉吟道：「這個……」康熙道：「這件事自然頗爲危險，若給他們察覺了，非立時要了你的小命不可。只可惜我是皇帝，否則的話，我眞想自己去幹一下子，這滋味可妙得很哪。」

韋小寶道：「皇上叫我去幹，自然遵命，再危險的事也不怕。」康熙大喜，拍拍他肩膀，笑道：「我早知你又聰明，又勇敢，很肯替我辦事。你是小孩子，刺客不會起疑。我本想派兩名武功好的侍衛去幹，但刺客不是笨人，未必會上當。一次試了不靈，第二次就不能再試了。小桂子，你去辦這件事，就好像我親身去辦一樣。」

康熙學了武功之後，躍躍欲試，一直想幹幾件危險之事，但身爲皇帝，畢竟不便涉險，派韋小寶去幹，就當他是自己替身，就算這件事由侍衛去辦可能更好，他也寧可差韋小寶去。他想小桂子年紀和我相若，武功不及我，聰明不及我，他辦得成，我自然也辦得成，差他去辦，和自己親手去幹，已差不了多少，雖不能親歷其境，也可想像得之。

康熙又道：「你要裝得越像越好，最好能當著刺客之面，殺死一兩名看守的侍衛，讓這些刺客對你毫不懷疑。我再吩咐多隆，叫他放鬆盤查，讓你帶著他們出宮。」

韋小寶應道：「是！不過侍衛的武功好，只怕我殺他們不了。」康熙道：「你隨機應變好了，但可得小心，別讓侍衛先將你殺了。」韋小寶伸了伸舌頭，道：「倘若給侍衛殺了，那可死得不明不白，小桂子反成為反賊的同黨。」

康熙雙手連搓，很是興奮，說道：「小桂子，你幹成了這件事，要我賞你些甚麼？」韋小寶道：「這事倘若辦成功，皇上一定開心。只要皇上開心，那可比甚麼賞賜都強。皇上下次再想到甚麼既有趣、又危險的玩意兒，仍派我去辦，那就好得很了。」康熙大喜，道：「一定，一定！唉，小桂子，可惜你是太監，否則我一定賞你個大官做做。」

韋小寶心念一動，道：「多謝皇上。」心想：「總有一天，你會發覺我是冒牌太監，那時候可不知要如何生氣了。」說道：「皇上，我求你一個恩典。」康熙微笑道：「想做大官麼？」韋小寶道：「不是！我為皇上赤膽忠心辦事，倘若闖出了禍，惹皇上生氣，你可得饒我性命，別殺我頭。」

康熙道：「你只要真的對我忠心，你這顆腦袋瓜子，在脖子上就擺得穩穩的。」說著哈哈大笑。

韋小寶從上書房出來，尋思：「我本想放了小郡主和方姑娘給沐王府，但憑著皇上剛才那番話，變成了奉旨放刺客，那兩個小姑娘倒不忙就放。刺客的真正頭兒，剛才老子就同他們一塊兒喝酒，要不要奏知皇上，將沐劍聲小烏龜和柳大洪老傢伙抓了起來？可是師父如知道我幹這件事，定然不饒。他媽的，我到底還做不做天地會的香主哪？」

他在宮裏人人奉承，康熙又對他十分寵信，一時之間，眞想在宮裏就當他一輩子的太監，但一想到太后，不由得心中寒了：「老婊子說甚麼也要尋我晦氣，老子在宮裏可躭不長久。」

當下來到乾淸宮之西的侍衛房。當班的頭兒正是趙齊賢。他昨晚既分得了銀子，今日又從侍衛總管多隆處得了賞賜，知是韋小寶在皇上面前說了好話，一見他到來，歡喜得甚麼似的，一躍而起，迎了上來，笑道：「桂公公，甚麼好風兒吹得你大駕光臨？」

韋小寶笑道：「我來瞧瞧那幾個大膽的反賊。」湊在他耳邊低聲道：「皇上差我來幫著套套口供，要查到主使他們的正主兒到底是誰。」趙齊賢點頭道：「是。」低聲道：「三個反賊嘴緊得很，已抽斷了兩根皮鞭子，總一口咬定是吳三桂派他們來的。」韋小寶道：「讓我去問問。」

走進西廳，見木柱上綁著三條漢子，光著上身，已給打得血肉模糊。一個是虬髯大漢，另外兩個是二十來歲的年輕人，一個皮色甚白，另一個身上刺滿了花，胸口刺著個猙獰的虎頭。韋小寶尋思：「不知這二人之中，有沒那劉一舟在內？」轉頭向趙齊賢道：「趙大哥，恐怕你們捉錯了人，請你且出去一會。」趙齊賢道：「是。」轉身出去，帶上了門。

韋小寶道：「三位尊姓大名？」那虬髯漢子怒目圓睜，罵道：「狗太監，憑你也配來問老子的名字。」韋小寶低聲道：「我受人之託，來救一個名叫劉一舟的朋友……」

他此話一出，三個人臉上都顯驚異之色，互望了一眼。那虬髯漢子問道：「你受誰的託？」韋小寶道：「你們中間有沒劉一舟這個人？有呢，我有話說，沒有呢，那就算了。」三人又你瞧瞧我，我瞧瞧你，都有遲疑之色，生怕上當。那虬髯漢子又問：「你是誰？」韋小寶道：「託我那兩位朋友，一位姓沐，一位姓柳。『鐵背蒼龍』你們認不認識？」

那虬髯漢子大聲道：「『鐵背蒼龍』柳大洪在雲貴四川一帶，誰人不知，那個不曉？沐劍聲是沐天波的兒子，流落江湖，此刻也不知是死是活。」一面說，一面連連搖頭。

韋小寶點頭道：「三位既然不認得沐小公爺和柳老爺子，那便不是他們的朋友了，想來這些招式也不識得。」說著拉開架子，使了兩招沐家拳，自然是「橫掃千軍」與「高山流水」。

那胸口刺有虎頭的年輕人「咦」了一聲。韋小寶停手問道：「怎麼？」那人道：「沒甚麼。」虬髯漢子問道：「這些招式是誰教的？」韋小寶笑道：「我老婆教的。」虬髯漢子呸了一聲，道：「太監有甚麼老婆？」說著不住搖頭。他本來罵韋小寶為「狗太監」，後來聽他言語有異，行動奇特，免去了這個「狗」字。

韋小寶道：「太監為甚麼不能有老婆？人家願嫁，你管得著嗎？我老婆姓方，單名一個怡字……」

那皮肉白淨的年輕人突然大吼一聲，喝道：「胡說！」

韋小寶見他額頭青筋暴起，眼中如要噴出火來，情急之狀已達極點，料想這人便是劉一舟，見他一張長方臉，相貌頗爲英俊，只是暴怒之下，神情未免有些可怖，便笑道：「甚麼胡說？我老婆是沐王府中劉白方蘇四大家將姓方的後人。跟我做媒人的姓蘇，名叫蘇岡，有個外號叫作『聖手居士』。還有個媒人姓白，他兄長白寒松最近給人打死了，那白寒楓窮極無聊，就給人做媒人騙錢，收殮他死了的兄長……」

那年輕人越聽越怒，大吼：「你……你……你……」

那虬髯漢子搖頭道：「兄弟，且別作聲。」向韋小寶道：「沐王府中的事兒，你倒知道得挺多。」

韋小寶道：「我是沐王府的女婿，丈人老頭家裏的事，怎麼不知道？那方怡方姑娘本來不肯嫁我的，說跟她師哥劉一舟已有婚姻之約。但聽說這姓劉的不長進，投到了大漢奸吳三桂的部下，進皇宮來行刺。你想……吳三桂這大漢奸……」說到這裏，壓低了嗓子道：「勾結韃子，將我大明天子的花花江山，雙手奉送給了滿淸狗賊。吳三桂這傢伙，凡是我漢人，沒一個不想剝他的皮，吃他的肉。劉一舟這小子，甚麼主子不好投靠，幹麼去投了吳三桂？方姑娘自然面目無光，再也不肯嫁他了。」

那年輕人急道：「我……我……我……」

那虬髯漢子搖頭道：「人各有志，閣下在清宮裏當太監，也沒甚麼光彩。」

韋小寶道：「對，對！當然沒甚麼光彩。我老婆記掛著舊情人，定要我查問清楚，那劉一舟到底死了沒有？如眞死了，她嫁給我便心安理得，從此沒了牽掛。不過要給她的劉師哥安個靈位，燒些紙錢。三位朋友，你們這裏沒劉一舟這人，是不是？那我去回覆方姑娘，今晚就同我拜堂成親了。」說著轉身出外。

那年輕人道：「我就是……」那虬髯漢子大喝：「別上當！」那年輕人用力掙了幾下，怒道：「他……他……」突然一口唾沫向韋小寶吐了過來。

韋小寶閃身避開，見這三人的手腳都用粗牛筋給牢牢綁在柱上，決難掙脫，心想：「這人明明是劉一舟，他本就要認了，卻給這大鬍子阻住。」一沉吟間，已有了計較，說道：「你們在這裏等著，我再去問問我老婆。」

回到外間，向趙齊賢道：「我已問到了些端倪，別再拷打了，待會我再來。」

其時天已昏暗，韋小寶心想方怡和沐劍屏已餓得很了，不即回房，先去吩咐御膳房中手下太監，開一桌豐盛筵席來到屋中，說道昨晚衆侍衛擒賊有功，今日要設宴慶賀，席上商談擒拿刺客的機密大事，不必由小太監服侍。

他開鎖入房，輕輕推開內室房門。沐劍屏低呼一聲，坐了起來，輕聲道：「你怎麼到這時候才來？」韋小寶道：「等得你心焦死了，是不是？我可打聽到了好消息。」

方怡從枕上抬起頭來，問道：「甚麼好消息？」

韋小寶點亮桌上蠟燭，見方怡雙眼紅紅的，顯是哭泣過來，嘆了口氣，說道：「這消息在你是大好，對我卻是糟透糟透，一個剛到手的好老婆憑空飛了。唉，劉一舟這傢伙居然沒死。」

方怡「啊」的一聲叫，聲音中掩飾不住喜悅之情。

沐劍屏喜道：「我們劉師哥平安沒事？」

韋小寶道：「死是還沒死，要活恐怕也不大容易。他給宮裏侍衛擒住了，咬定說是大漢奸吳三桂派到宮裏來行刺的。死罪固然難逃，傳了出去，江湖上英雄好漢都說他給吳三桂做走狗，殺頭之後，這名聲也就臭得很了。」

方怡上身抬起，說道：「我們來到皇宮之前，早就已想到此節，但求扳倒了吳三桂這奸賊，爲先帝與沐公爺報得深仇大恨，自己性命和死後名聲，早已置之度外。」

韋小寶大拇指一翹，道：「好，有骨氣！吾老公佩服得很。方姑娘，咱們有件大事，得商量商量。如我能救得你的劉師哥活命，那你就怎樣？」

方怡眼中精光閃動，雙頰微紅，說道：「你當眞救得我劉師哥，你不論差我去幹甚麼艱難危險之事，方怡決不能皺一皺眉頭。」這幾句話說得斬釘截鐵，十分乾脆。

韋小寶道：「咱們訂一個約，好不好？小郡主作個見證。如我將你劉師哥救了出去，交了給小公爺沐劍聲和『鐵背蒼龍』柳大洪柳老爺子……」沐劍屏接口道：「你知道我哥哥和我師父？」韋小寶道：「沐家小公爺和『鐵背蒼龍』大名鼎鼎，誰人不知，那個不曉。」沐劍屏道：「你是好人，如救得劉師哥，大夥兒都感激你的恩情。」

韋小寶搖頭道：「我不是好人，我只做買賣。劉一舟這人非同小可，是行刺皇帝的欽犯。我要救他，那是冒了自己性命大險，是不是？官府一查到，不但我人頭落地，連我家裏爺爺、奶奶、爸爸、媽媽、三個哥哥、四個妹子，還有姨丈、姨母、姑丈、姑母、舅舅、舅母、外公、外婆、表哥、表弟、表姊、表妹，一古腦兒都得砍頭，是不是？這叫做滿門抄斬。我家裏的金子、銀子、屋子、鍋子、褲子、鞋子，一古腦兒都得給沒入官府，是不是？」

他問一句「是不是」，沐劍屏點了點頭。

方怡道：「正是，這件事牽連太大，可不能請你辦。反正我……我……師哥死了，我也不能活著，大家認命罷啦。」說著淚珠撲簌簌的流下。

韋小寶道：「不忙傷心，不忙哭。你這樣羞花閉月的美人兒，淚珠兒一流下來，我心腸就軟了。方姑娘，爲了你，我甚麼事都幹。我定須將你的劉師哥救出來。咱們一言爲定，救不出你劉師哥，我一輩子給你做牛做馬做奴才。救出了你劉師哥，你一輩子做我老婆。大丈夫一言既出，甚麼馬難追，就是這一句話。」

方怡怔怔的瞧著他，臉上紅暈漸漸退了，現出一片蒼白，說道：「桂大哥，爲了救劉師哥性命，甚麼事……甚麼我都肯，倘若你眞能救得他平安周全，要我一輩子……一輩子服侍你，也無不可。只不過……只不過……」

剛說到這裏，屋外腳步聲響，有人說道：「桂公公，送酒菜來啦。」方怡立即住口。韋小寶道：「好！」走出房去，帶上了房門，打開屋門。四名太監挑了飯菜碗盞，走進屋來，在堂上擺了起來，十二大碗菜餚，另有一鍋雲南汽鍋鷄。四名太監安了八副杯筷，恭恭敬敬的道：「桂公公，還短了甚麼沒有？」韋小寶道：「行了，你們回去罷。」每人賞了一兩銀子，四名太監歡天喜地的去了。

韋小寶將房門上了閂，把菜餚端到房中，將桌子推到床前，斟了三杯酒，盛了三碗飯，問道：「方姑娘，你剛才說『只不過，只不過』，到底只不過甚麼？」

這時方怡已由沐劍屛扶著坐起身來，臉上一紅，低下頭去，隔了半晌，低聲道：「我本來想說，你是宮中的執事，怎能娶妻？但不管怎樣，只要你能救得我劉師哥性命，我一輩子陪著你就是了。」

她容色晶瑩如玉，映照於紅紅燭光之下，嬌艷不可方物。韋小寶年紀雖小，卻也瞧得有點兒魂不守舍，笑道：「原來你說我是太監，娶不得老婆。娶得娶不得老婆，是我的事，你不用躭心。我只問你，肯不肯做我老婆？」

方怡秀眉微蹙，臉上薄含怒色，隔了半晌，心意已決，道：「別說做你妻子，就算你將我賣入窯子，我也所甘願。」

這句話倘若別的男子聽到，定然大大生氣，但韋小寶本就是妓院出身，也不覺得有甚麼了不起，笑吟吟的道：「好，就是這麼辦。好老婆、好妹子，咱三個來喝一杯。」

方怡本來沒將眼前這小太監當作一回事，待見他手刃御前侍衛副總管瑞棟，以奇藥化去他屍體，而宮中衆侍衛和旁的太監又都對他十分恭敬，才信他確非尋常之輩。劉一舟是她傾心相戀的意中人，雖無正式婚姻之約，二人早已心心相印，一個非君不嫁，一個非卿不娶。昨晚二人同入淸宮幹此大事，方怡眼見劉一舟失手爲侍衛所擒，苦於自己受傷，相救不得，料想情郎必然殉難，豈知這小太監竟說他非但未死，還能設法相救，心想：「但教劉郎得能脫險，我縱然一生受苦，也感謝上蒼待我不薄。這小太監又怎能娶我爲妻？他只不過愛油嘴滑舌，討些口頭上便宜，我且就著他些便了。」想明白了這節，便即微微一笑，端起酒杯，說道：「這杯酒就跟你喝了，可是你如救不得我劉師哥，難免做我劍下之鬼。」

韋小寶見她笑靨如花，心中大樂，也端起酒杯，說道：「咱們說話可得敲釘轉腳，不得抵賴。倘若我救了你劉師哥，你卻反悔，又要去嫁他，那便如何？你們兩個夾手夾腳，我可不是對手，他一刀橫砍，你一劍直劈，我桂公公登時分為四塊，這種事不可不防。」

方怡收起笑容，肅然道：「皇天在上，后土在下，桂公公若能相救劉一舟平安脫險，小女子方怡便嫁桂公公為妻，一生對丈夫忠貞不貳。就算桂公公不能當眞娶我，我也死心塌地的服侍他一輩子。若有二心，敎我萬劫不得超生。」說著將一杯酒潑在地下，又道：「小郡主便是見證。」

韋小寶大喜，問沐劍屏道：「好妹子，你可有甚麼心上人，要我去救沒有？」沐劍屏道：「沒有！我怎會有甚麼心上人了？」韋小寶道：「可惜，可惜！」沐劍屏道：「可惜甚麼？」韋小寶道：「如果你也有個心上人，我也去救了他出來，你不是也就嫁了我做好老婆麼？」沐劍屏道：「呸！有了一個老婆還不夠，得隴望蜀！」

韋小寶笑道：「癩蝦蟆想吃天鵝肉！喂，好妹子，跟你劉師哥一塊兒被擒的，還有兩個人，一個是絡腮鬍子……」沐劍屏道：「那是吳師叔。」韋小寶道：「還有一個身上刺滿了花，胸口有個老虎頭的。」沐劍屏道：「那是青毛虎敖彪，是吳師叔的徒弟。」韋小寶問道：「那吳師叔叫甚麼名字？」沐劍屏道：「吳師叔名叫吳立身，外號叫『搖頭獅子』。」韋小寶笑道：「這外號取得好，人家不論說甚麼，他總是搖頭。」

沐劍屏道：「桂大哥，你旣去救劉師哥，不妨順便將吳師叔和敖師哥也救了出來。」

韋小寶道：「那吳師叔和敖彪，有沒有羞花閉月的女相好？」沐劍屏道：「不知道，你問來幹麼？」韋小寶道：「我得先去問問他們的女相好，肯不肯讓我佔些便宜？否則我拚命去救人，豈不是白辛苦一場？」

驀地裏眼前黑影一晃，一樣物事劈面飛來，韋小寶急忙低頭，已然不及，啪的一聲，正中額角。那物事撞得粉碎，卻是一隻酒杯。韋小寶和沐劍屏同聲驚呼：「啊喲！」韋小寶躍開三步，連椅子也帶倒了，額上鮮血涔涔而下，眼中酒水模糊，瞧出來白茫茫一片。

只聽方怡喝道：「你立即去把劉一舟殺了，姑娘也不想活啦，免得整日受你這等沒來由的欺侮！」原來這隻酒杯正是方怡所擲，幸好她重傷後手上勁力已失。韋小寶額頭給酒杯擊中，只劃損了些皮肉。

沐劍屏道：「桂大哥，你過來，我給你瞧瞧傷口，別讓碎瓷片留在肉裏。」韋小寶道：「我不過來，我老婆要謀殺親夫。」沐劍屏道：「誰叫你瞎說，又要去佔別的女人便宜？連我聽了也生氣。」

韋小寶哈哈大笑，說道：「啊，我明白啦，原來你們兩個是喝醋，聽說我要去佔別的女人便宜，我的大老婆、小老婆便大大喝醋了。」

沐劍屏拿起酒杯，道：「你叫我甚麼？瞧我不也用酒杯投你！」

韋小寶伸袖子抹眼睛，見沐劍屏佯嗔詐怒，眉梢眼角間卻微微含笑，又見方怡神色間頗有歉意，自己額頭雖然疼痛，心中卻是甚樂，說道：「大老婆投了我一隻酒杯，小老婆如果不投，太不公平。」走上一步，說道：「小老婆也投罷！」

沐劍屏道：「好！」手一揚，酒杯中的半杯酒向他臉上潑到。韋小寶竟不閃避，半杯酒都潑在臉上。他伸出舌頭，將臉上的鮮血和酒水舐入口中，嘖嘖稱賞，說道：「好吃，好吃！大老婆打出的血，再加小老婆潑過來的酒，啊喲，鮮死我了，鮮死我了！」

沐劍屏先笑了出來，方怡噗哧一聲，忍不住也笑了，罵道：「無賴！」從懷中取出一塊手帕，交給沐劍屏，道：「你給他抹抹。」沐劍屏笑道：「你打傷了人家，幹麼要我抹？」方怡掩口道：「你不是他小老婆麼？」沐劍屏啐道：「呸！你剛才親口許了他的，我可沒許過。」方怡笑道：「誰說沒許過？他說：『小老婆也投罷！』你就把酒潑他，那不是答允做他小老婆了？」

韋小寶笑道：「對，對！我大老婆也疼，小老婆也疼。你兩個放心，我再也不去佔別的女人便宜了。」

方怡叫韋小寶過來，檢視他額頭傷口中並無碎瓷，給他抹乾了血。

三人不會喝酒，肚中卻都餓了，吃了不少菜餚。說說笑笑，一室皆春。

飯罷，韋小寶打了個呵欠，道：「今晚我跟大老婆睡呢，還是跟小老婆睡？」方怡臉一沉，正色道：「你說笑可得有個譜，你再鑽上床來，我……我一劍殺了你。」

韋小寶伸了伸舌頭，道：「終有一天，我這條老命要送在你手裏。」將飯菜搬到外堂，取過一張蓆子鋪在地下，和衣而睡。這時實在疲倦已極，片刻間便即睡熟。

次日一早醒來，覺得身上暖烘烘地，睜眼見身上已蓋了一條棉被，又覺腦袋下有個枕頭，坐起身來，見床上紗帳低垂。隔著帳子，隱隱約約見到方怡和沐劍屏共枕而睡。

他悄悄站起，揭開帳子，但見方怡嬌艷，沐劍屏秀雅，兩個小美人的俏臉相互輝映，如明珠，如美玉，說不出的明麗動人。韋小寶忍不住便想每個人都去親一個嘴，卻怕驚醒了她們，心道：「他媽的，這兩個小娘倘若當眞做了我大老婆、小老婆，老子可快活得緊。麗春院中，那裏有這等俊俏的小娘。」

他輕手輕腳去開門。門樞嘰的一響，方怡便即醒了，微笑道：「桂……桂……你早。」韋小寶道：「桂甚麼？好老公也不叫一聲。」方怡道：「你又還沒將人救出來。」韋小寶道：「你放心，我這就去救人。」

沐劍屏也醒了過來，問道：「大清早你兩個在說甚麼？」韋小寶道：「我們一直沒睡，兩個兒說了一夜情話。」打個呵欠，拍嘴說道：「好睏，好睏！我這可要睡了。」又伸了個懶腰。

方怡臉上一紅，道：「跟你有甚麼話好說？怎說得上一夜？」

韋小寶一笑，道：「好老婆，咱們說正經的。你寫一封信，我拿去給你的劉師哥，他才肯信我，跟我混出宮去。否則他咬定是吳三桂的女婿……」沐劍屏道：「他冒充吳三桂女婿的姪兒。」韋小寶道：「方姑娘做了我大老婆，劉一舟只好去做吳三桂的女婿了。」方怡道：「你別胡扯！不過要寫封信，倒也不錯。可是……可是寫甚麼好呢？」

韋小寶道：「寫甚麼都好，就說我是你老公，天下第一大好人，最有義氣，受了你的囑託，前來相救，貨眞價實，十足眞金！」找齊了海大富的筆硯紙張，磨起了墨，將一張白紙放在小桌上，推到床前。

方怡坐起身來，接過了筆，忽然眼淚撲簌簌的流下，哽咽道：「我寫甚麼好？」

韋小寶見她楚楚可憐的模樣，心腸忽然軟了，說道：「你寫甚麼都好，反正我不識字。你別說嫁了我做老婆，否則你劉師哥一生氣，就不要我救了。」方怡道：「你不識字？你騙我。」韋小寶道：「我如識字，我是烏龜王八蛋，不是你老公，是你兒子，是你灰孫子。」

方怡提筆沉吟，只感難以落筆，抽抽噎噎的又哭了起來。

韋小寶滿腔豪氣，難以抑制，大聲道：「好啦，好啦！我救了劉一舟出來之後，你嫁給他便是，我不跟他爭了。反正你跟了我之後，還是要去和他軋姘頭，與其將來戴綠帽、做烏龜，還是讓你快快活活的，去嫁給他媽的這劉一舟。你愛寫甚麼便寫甚麼，他媽的，老子甚麼都不放在心上了。」

方怡一對含著淚水的大眼向他瞧了一眼，低下頭來，眼光中既有歡喜之意，亦有感激之情，在紙上寫了幾行字，將紙摺成一個方勝，說道：「請……請你交給他。」

韋小寶心中暗罵：「他媽的，你啊你的，大哥也不叫一聲，過河拆橋，放完了欲口不要和尚。」但他既已逞了英雄好漢，裝出一股豪氣干雲的模樣，便不能再逼方怡做老婆，接過方勝，往懷中一揣，頭也不回的出門，心想：「要做英雄，就得自己吃虧。好好一個老婆，又雙手送了給人。」

乾清宮側侍衛房值班的頭兒這時已換了張康年。他早一晚已得多隆囑咐，要相助桂公公將刺客救出宮去，卻不可露出絲毫形跡，讓刺客起疑，見韋小寶到來，忙迎將上來，使個眼色，和他一同走到假山之側，低聲問道：「桂公公，你要怎生救人？」

韋小寶見他神態親熱，心想：「皇上命我殺個把侍衛救人，好讓劉一舟他們不起疑心。這張老哥對我甚好，倒不忍殺他。好在有臭小娘一封書信，這姓劉的殺胚是千信萬信的了。」沉吟道：「我再去審審這三個龜兒子，隨機應變便了。」

張康年笑著請了個安，道：「多謝桂公公。」韋小寶道：「又謝甚麼了？」張康年道：「小人跟著桂公公辦事，以後公公一定不斷提拔。小人升官發財，那是走也走不掉的了。」韋小寶微笑道：「你赤膽忠心給皇上當差，將來只怕一件事。」張康年一驚，問道：「怕甚麼？」韋小寶道：「就只怕你家裏的庫房太小，裝不下這許多銀子。」張康年哈哈大笑，跟著收起笑聲，低聲道：「公公，我們十幾個侍衛暗中都商量好了，大家盡力給公公辦事，說甚麼要保公公做到宮裏的太監總首領。」

韋小寶微笑道：「那可妙得很了，等我大得幾歲再說罷。」跟著想起錢老本送活豬補漏洞的事來，問道：「瑞副總管那裏去了？多總管跟你們大家忙得不可開交，怎地一直不見瑞副總管？」張康年道：「多半是太后差他出宮辦事去了。」韋小寶點點頭，道：「你見到瑞副總管時，請他到我屋裏來一趟。皇上吩咐了，有幾句話要問他。」張康年答應了。

韋小寶走進侍衛房，來到綁縛劉一舟等三人的廳中。一晚不見，三人的精神又委頓了許多，雖未再受拷打，但兩日兩晚沒進飲食，便鐵打的漢子也頂不住了。廳中看守的七八名侍衛齊向韋小寶請安，神態十分恭敬。

韋小寶大聲道：「皇上有旨，這三個反賊大逆不道，立即斬首示衆。快去拿些酒肉飯菜來，讓他們吃得飽飽地，免得死了做餓鬼。」衆侍衛齊聲答應。

那虬髯漢子吳立身大聲道：「我們爲平西王盡忠而死，流芳百世，勝於你們這些給韃子做奴才的畜生萬倍。」

一名侍衛提起鞭子，唰的一鞭打去，罵道：「吳三桂這反賊，叫他轉眼就滿門抄斬。」劉一舟神情激動，雙眼向天，口唇輕輕顫動，不知在說些甚麼。

衆侍衛拿了三大碗飯、三大碗酒進來。韋小寶道：「這三個反賊聽得要殺頭，嚇得全身發抖，只怕酒也喝不下，飯也吃不落啦。三位兄弟辛苦些，餵他們每人喝兩口酒，可不能多喝。這一大碗飯嘛，就餵他們吃了。要是喝得醉了，殺起頭來不知道頸子痛，可太便宜了他們。去到陰世，閻羅王見到三個酒鬼，大大生氣，每個酒鬼先打三百軍棍，那可又害苦了他們。」衆侍衛都笑了起來，餵三人喝酒吃飯。

吳立身大口喝酒，大口吃飯，神色自若。敖彪吃一口飯，罵一句：「狗奴才！」劉一舟臉色慘白，食不下咽，吃不到小半碗，就搖頭不吃了。

韋小寶道：「好啦，大夥兒出去。皇上叫我問他們幾句話，問了之後再殺頭。」張康年躬身道：「是！」領著衆侍衛出去，帶上了門。

韋小寶聽衆人腳步聲走遠，咳嗽一聲，側頭向吳立身等三人打量，臉上露出詭秘的笑容。吳立身罵道：「狗太監，有甚麼好笑？」韋小寶笑道：「我自笑我的，關你甚麼事？」

劉一舟突然說道：「公公，我……我就是劉一舟！」

韋小寶一怔，還沒答話，吳立身和敖彪已同聲呼喝：「你胡說甚麼？」劉一舟道：

「公公，求求你救我一救，救……救我們一救。」吳立身喝道：「貪生怕死，算甚麼英雄好漢，何必開口求人？」劉一舟道：「他……他說小公爺和我師父，託他來救……救我們的。」吳立身搖頭道：「他這等騙人的言語，也信得的？」

韋小寶笑道：「『搖頭獅子』吳老爺子，你就瞧在我臉上，少搖幾次頭罷。」吳立身一驚，道：「你……你……」韋小寶笑道：「這一位青毛虎敖彪敖大哥，是你的得意弟子，名師必出高徒，佩服，佩服。」吳立身和敖彪臉上變色，驚疑不定。

韋小寶從懷中取出方怡所摺的那個方勝，打了開來，放在劉一舟面前，笑道：「你瞧是誰寫的？」

劉一舟一看，大喜過望，顫聲道：「這眞是方師妹的筆跡。吳師叔，方師妹說這……這位公公是來救我們的，叫我一切都聽他的話。」

吳立身道：「給我瞧瞧。」韋小寶將那張紙拿到吳立身眼前，心想：「這上面不知寫了些甚麼情話。我這大老婆不要臉，一心想偷漢子，甚麼肉麻的話都寫得出。」只聽吳立身讀道：「『劉師哥：桂公公是自己人，義薄雲天，干冒奇險，前來相救，務須聽桂公公指示，求脫虎口。妹怡手啓。』嗯，這上面畫了我們沐王府的記認花押，倒是不假。」

韋小寶聽方怡在信中稱讚自己「義薄雲天」，不明白「義薄雲天」是甚麼意思，心想義氣總是越厚越好，「薄」得飛上了天，還有甚麼賸下的？但以前曾好幾次聽人說過，知道確是一句大大的好話，又聽她信中並沒對劉一舟說甚麼肉麻情話，更加歡喜，說道：「那還有假的？」

劉一舟問道：「公公，我那方師妹在那裏？」韋小寶心道：「在我床上。」口中說道：「她此刻躲在一個安穩的所在，我救了你們出去之後，再設法救她，和你相會。」

劉一舟眼淚奪眶而出，哽咽道：「公公的大恩大德，眞不知何以爲報。」他適才聽韋小寶說，吃過酒飯後便提出去殺頭，他本來膽大，可是突然間面臨生命關頭，恐懼之情再也難以克制，忍不住聲稱自己便是劉一舟，只盼在千鈞一髮之際留得性命，待見到方怡的書信，得知活命有望，這一番歡喜，當眞難以形容。

吳立身卻臨危不懼，仍要查究清楚，問道：「請問閣下尊姓大名？何以肯加援手？」

韋小寶道：「索性對你們說明白了。我的朋友都叫我癩痢頭小三子，你們別奇怪，我從前是癩痢，現今不癩了。我有個好朋友，是天地會靑木堂的香主，名叫韋小寶。他說天地會中有個老頭兒，叫作八臂猿猴徐天川，爲了爭執擁唐、擁桂甚麼的，打死了你們沐王府的白寒松。沐家小公爺和白寒楓不肯干休，但人死了活不轉來，沒法子，那韋小寶就來託我救你們三位出去，賠還給沐王府，以便顧全雙方義氣。」

跟天地會的糾葛，吳立身知道得很明白，當下更無懷疑，不住的又搖頭，又點頭，說道：「這就是了。在下適才言語冒犯，多有得罪。」

韋小寶笑道：「好說，好說！只不過如何逃出宮去，可得想個妙法。」劉一舟道：「桂公公想的法子，必是妙的，我們都聽從你的吩咐便了。」韋小寶心道：「我可還沒想出甚麼主意呢。」問吳立身道：「吳老爺子可有甚麼計策？」吳立身道：「皇宮裏狗侍衞極多，白天是闖不出去的。等到晚間，你來設法割斷我們手腳上的牛筋，讓我們乘黑衝殺出去便是。」

韋小寶道：「此計極妙，就怕不是十拿九穩。」在廳上走來走去，籌思計策。敖彪道：「衝得出去最好，衝不出去，至不濟也不過是個死。」劉一舟道：「敖師哥，別打斷桂公公的思路。」敖彪怒目向他瞪視。

韋小寶心想：「最好是有甚麼迷藥，將侍衞們迷倒，便可不傷人命。」走到外室，向張康年道：「張大哥，我要用些迷藥，你能不能立刻給我弄些來。」張康年笑道：「行，行。趙二哥那裏蒙汗藥現成有的是，我馬上去拿。」韋小寶笑問：「趙二哥身邊有蒙汗藥？做甚麼用的？」張康年低聲道：「不瞞公公說，前日瑞副總管差我們去拿一個人，吩咐了要悄悄的幹，不能張揚。這人武功了得，我們只怕明刀明槍的動手多傷人命，而且不能活捉。趙二哥就去弄了一批蒙汗藥來，做了手腳。」韋小寶心道：「你們打不過人家，就攪鬼計。」問道：「結果大功告成？」張康年笑道：「手到擒來。」

韋小寶聽說是瑞棟要他們去辦的事，怕和自己有關，就得多問幾句：「捉的是甚麼人？犯了甚麼事？」張康年道：「是宗人府的鑲紅旗統領和察博，聽說是得罪了太后。瑞副總管把他捉來後，逼他繳了一部經書出來，後來在他嘴上、鼻上貼了桑皮紙，就這麼活生生的悶死了他。」

韋小寶聽得暗暗心驚：「原來老婊子爲的又是那部《四十二章經》。瑞棟取到經書後，幹麼不立即去交給老婊子，卻藏在自己身上？還不是想自行吞沒嗎？」隨即想到瑞棟決不敢吞沒經書：「嗯，是了，老婊子見到瑞棟，來不及問經書的事，立即便派他來殺我。瑞棟是想先殺老子，再繳經書，卻變成了戲文〈長阪坡〉中那個夏侯甚麼的小花臉，先送性命，再送寶劍。老子這可不成了七進七出的常山趙子龍嗎？」隨口問道：「那是甚麼經書？這樣要緊。」張康年道：「那可不知道了。我這就取蒙汗藥去。」

韋小寶道：「煩你再帶個訊，叫膳房送兩桌上等酒席來，是我相請衆位哥兒的。」張康年喜道：「公公又賞酒喝。只要跟著公公，吃的喝的，一輩子不用愁了。」

過不多時，張康年取了蒙汗藥來，好大的一包，怕不有半斤多重，低聲笑道：「這一大包藥，足夠迷倒幾百人。點子倘若只有一人，用手指甲挑這麼一點兒，和在茶裏酒裏，便就夠了。」跟著吩咐衆侍衛搬桌擺凳，說道桂公公賞酒。衆侍衛大喜，忙著張羅。

韋小寶道：「把酒席擺在犯人廳裏，咱們樂咱們的，讓他媽的這三個刺客瞧得眼紅，饞涎滴滴流。」

酒席設好，御膳房的管事太監已率同小太監和蘇拉（按：清宮中低級雜役，滿洲語稱爲「蘇拉」），挑了食盒前來，將菜餚酒壺放在桌上。

韋小寶笑道：「你們三個反賊，幹這大逆不道之事，死到臨頭，還在嘴硬，現下瞧著老爺們喝酒吃菜，倘若饞得熬不過，扮一聲狗叫，老爺就賞你一塊肉吃。」衆侍衛哈哈大笑。

吳立身罵道：「狗侍衛、臭太監，我們平西王爺指日就從雲南起兵，一路打到北京來，將你們這些侍衛、太監一古腦兒捉了，都丟到河裏餵王八。」

韋小寶右手伸入懷裏，手掌裏抓了半把蒙汗藥，左手拿起酒壺，走到吳立身面前，提高酒壺，笑道：「反賊，你想不想喝酒？」吳立身不明他的用意，大聲道：「喝也罷，不喝也罷！平西王大兵一到，你這小太監也是性命難逃。」

韋小寶冷笑道：「那也未必！」高高提起酒壺，仰起了頭，將酒從空中倒將下來，張嘴接住了，一口吞將下去，讚道：「好酒。」左手平放胸前，用食指撥開壺蓋，將右掌中的蒙汗藥都撒入壺中，跟著撥上了壺蓋，左手提高酒壺，在半空中不住搖晃，笑道：「好反賊，死到臨頭，還在胡說八道。」他放蒙汗藥之時，身子遮住酒壺，除吳立身一人之外，誰也沒見到，這一搖晃，將蒙汗藥與酒盡數混和。

吳立身瞧在眼裏，登時領悟，暗暗歡喜，大聲道：「大丈夫死就死了，出言求饒，不是好漢。你這壺酒，痛痛快快的就讓老子喝了。」

韋小寶笑道：「你想喝酒，偏不給你喝，哈哈，哈哈！」轉身回到席上，給衆侍衛都滿滿斟了一杯酒。

張康年等一齊站起，說道：「不敢當，怎敢要公公斟酒？」韋小寶道：「大家自己兄弟，何必客氣？」舉杯說道：「請，請！」

衆侍衛正要飲酒，門外忽然有人大聲道：「太后傳小桂子。小桂子在這兒麼？」

韋小寶吃了一驚，說道：「在這兒！」放下酒杯，心道：「老婊子又來找我幹甚麼？」迎將出去，見是四名太監，爲首的一人挺胸凸肚，來勢頗爲不善，當即跪下，道：「奴才小桂子接旨。」那太監道：「太后有要緊事，命你即刻去慈寧宮。」

韋小寶道：「是，是。」站起身來，心想：「迷藥酒都已斟下了，我一離開，衆侍衛自然立即喝酒，西洋鏡馬上拆穿，那也罷了，慈寧宮可萬萬去不得。你慈寧宮是麗春院嗎？老婊子差人上門來請財主大少？」這時身旁侍衛衆多，心中倒也並不惶恐，笑問：「公公貴姓，以前咱們怎地沒見過？」

那太監哼了一聲，說道：「我叫董金魁，這就快去罷，太后等著呢，已到處找了你半天啦！」韋小寶一把拉住他手腕，道：「董公公，快來瞧一件有趣事兒。」拉著他向內走去。

董金魁聽說是有趣事兒，便跟著走進內廳，眼見開著兩桌酒席，便大聲道：「好啊，你們可享福得很哪。小桂子，太后派你經管御膳房，你卻假公濟私，拿了太后和皇上的銀子胡花。」

韋小寶笑道：「衆位侍衛兄弟擒賊有功，皇上命我犒賞三軍。來來來，董公公，還有這三位公公，大家坐下來喝一杯。」董金魁搖頭道：「我不喝！太后傳你，還不快去？」韋小寶笑道：「衆位侍衛大人都是好朋友，你一杯酒也不跟人家喝，可太瞧不起人了。」董金魁道：「我不喝酒。」

韋小寶向張康年使個眼色，道：「張大哥，這位董公公架子不小，不肯跟咱們喝酒。」張康年拿起一杯酒來，送到董金魁手中，笑道：「董公公，大家湊個趣兒。」董金魁無奈，只得乾了一杯。韋小寶帶笑道：「這才夠朋友，那三位公公也喝一杯。」那三名太監從侍衛手中接過酒杯，也都喝了。

韋小寶道：「好！大夥兒都奉陪一杯。」在四隻空酒杯中又斟滿了酒。衆侍衛一齊舉杯喝了。

韋小寶舉杯時以左手袖子遮住了酒杯，酒杯一側，將一杯藥酒都倒入了袖子。他生恐一杯酒力不夠，又要給衆人斟酒。一名侍衛接過酒壺，道：「我來斟！」

董金魁皺眉道：「桂公公，咱們一聽太后宣召，誰都立刻拔腳飛奔而去。你這麼自顧自的喝酒，那可是大不敬哪！」韋小寶笑道：「這中間有個緣故，來來來，大家喝了這一杯，我就說個明白。」張康年舉起杯來，道：「董公公請。」董金魁道：「我可沒工夫喝酒。」說著身子微微一晃。

韋小寶知他肚中蒙汗藥即將發作，突然彎腰，叫道：「啊喲，肚子痛！」衆侍衛都感一陣頭暈，有人便道：「怎麼？這酒不對！」韋小寶大聲怒道：「董公公，你奉太后之命，賜毒酒給我們喝，是不是？爲甚麼你在酒裏下毒？」

董金魁大驚，顫聲道：「那……那有此事？」

韋小寶道：「你好狠的手段，竟敢在酒裏下毒？衆位兄弟，大夥兒跟他拚了！」衆侍衛頭暈腦脹，茫然失措。只聽得砰砰兩聲響，兩名太監挨不住藥力，先行摔倒。跟著董金魁、張康年、衆侍衛和餘下一名太監先後摔倒，跌得桌翻椅倒，亂成一團。韋小寶搶上前去，在董金魁身上踢了一腳。董金魁唔的一聲，手足微微一動，雙眼已難睜開。

韋小寶大喜，先奔去掩上了廳門，拔出匕首，在董金魁和三名太監胸口一人一劍。劉一舟「啊」的一聲，大爲驚訝。韋小寶再用匕首將吳立身、敖彪、劉一舟手足上綁縛的牛筋盡數割斷。他這匕首削鐵如泥，割牛筋如割粉絲麵條。

吳立身等三人武功均頗不弱，吳立身尤其了得，三人雖受拷打，但都是皮肉之傷，並沒損到筋骨。劉一舟道：「桂公公，咱……咱們怎生逃出去？」韋小寶道：「吳老爺子、敖師兄，你們兩位找兩個身材差不多的侍衛，跟他們換了衣衫。劉師兄，你沒鬍子，可以假扮太監，跟這姓董的換了衣衫。」劉一舟道：「我也扮侍衛罷？」韋小寶道：「不行！你假扮太監。」劉一舟不敢違拗，點了點頭。三人迅即改換了裝束。

韋小寶道：「你們跟我來。不論有誰跟你們說話，只管扮啞巴，不可答話。」從懷中取出化屍藥粉，拉開董金魁的屍體，放在廳角，用匕首在他上身、下身到處戳上幾個洞，每個洞中都彈上些藥粉，讓屍體消毀得加倍迅速，這才開了廳門，領著三人出去。一出侍衛房，反手帶上了房門，逕向御膳房而去。

御膳房在乾清宮之東，與侍衛房相距甚近，片刻間便到了。只見錢老闆早已恭恭敬敬的站著等候，手下幾名漢子抬來了兩口洗剝乾淨的大光豬。

韋小寶臉色一沉，喝道：「老錢，你這太也不成話了！我吩咐你抬幾口好豬來，卻用這般又瘦又乾、生過十七八胎的老母豬來敷衍老子，你……你……他媽的，你這碗飯還想吃不吃哪？」他罵一句，錢老闆惶惶恐恐的躬身應一聲：「是！」

御膳房眾太監見錢老闆所抬來的，實在是兩口肥壯大豬，但挑剔送來的貨物不妥，原是御膳房管事太監撈油水的不二法門，任你送來的牛羊鷄鴨絕頂上等，在管事太監口中，也變成了連施捨叫化子也沒人要的臭貨賤貨。只有送貨人銀子一包包的遞上來，臭賤之物才搖身一變，變成了可入皇帝、太后之口的精品。衆太監聽韋小寶這麼說，心下雪亮，跟著連聲吆喝：「攆出去！這兩口發臭的爛豬，只好丟在菜地裏當肥料。」命那幾名漢子把豬抬了去。

韋小寶愈加惱怒，手一揮，向吳立身等三人道：「兩位侍衛大哥，還有這位公公，你們三個押了這傢伙出去，攆到宮門外，再也不許他們進來。」

錢老闆不知韋小寶是何用意，愁眉苦臉道：「公公原諒了這遭，小……小人回頭去換更大更肥的肉豬來，另有薄禮……薄禮孝敬衆位公公，這一次……這一次請公公多多包涵。」韋小寶道：「我要肉豬，自會差人來叫你。快去，快去！」錢老闆欠腰道：「是，是！」

御膳房衆太監相視而笑，均想：「你有禮物孝敬，桂公公自然不會轟走你了。」

吳立身、敖彪、劉一舟三人跟在錢老闆身後，又推又拉，將他攆出廚房。

韋小寶跟在後面，來到走廊，四顧無人，低聲說道：「錢老兄，這三位是沐王府的英雄，第一位便是大名鼎鼎的『搖頭獅子』吳老爺子。」錢老本「啊」的一聲，喜道：「久仰，久仰。在下不回頭招呼了，三位莫怪。」吳立身聽得他是韋小寶的同伴，心中大喜，忙道：「身在險地，理當如此。」韋小寶道：「錢老哥，你跟貴會韋香主說，癲痢頭小三子幫他辦成了大事。你領這三位好朋友去見沐小公爺和柳老爺子。這三位朋友一走，宮裏立時便會追拿刺客，你可再也不能進宮來了。」錢老本道：「是，是。敝會上下，都感謝公公的大德。」吳立身問道：「這位錢朋友是天地會的？」錢老本道：「正是！在下在青木堂。」

五人快步來到神武門。守衛宮門的侍衛見到韋小寶，都恭恭敬敬問好：「桂公公好！」韋小寶道：「大夥兒都好。」這些侍衛雖見吳立身等三人面生，但見韋小寶挽著吳立身的右臂，自是誰也不敢多問一句。

五人出得神武門，又走了數十步。韋小寶道：「在下要回宮去了，後會有期，大家不必多禮。」吳立身道：「救命之恩，不敢望報。此後天地會如有驅策，吳某敖某師徒赴湯蹈火，在所不辭。」韋小寶道：「不敢當。」只見劉一舟大步走在前面，回頭相望，自是怪吳立身爲何不快走，此處離宮門不遠，尚未脫險。

韋小寶微微一笑，回神武門來，向守門的侍衛道：「那公公是太后的親信，說道奉了太后慈旨，命我親自送這幾人出宮。他媽的，可不知是甚麼路道？」守門的侍衛道：「好大的架子！怎能勞動桂公公的大駕？莫非是親王貝勒不成？」另一名侍衛道：「就算是親王貝勒，也不能要桂公公親自相送啊。」韋小寶搖頭道：「太后的差使，可教人莫名其妙。我心裏可著實犯疑，但那太監拿了太后的親筆慈旨來，咱們做奴才的可不敢不辨，是不是？」幾名侍衛道：「是，是！那又有甚麼法子？」

韋小寶回到侍衛房中，見眾人昏迷在地，兀自未醒，當下舀了兩盆冷水，一盆先沖去地上的黃水，一盆潑在張康年頭上。張康年悠悠醒轉，微笑道：「桂公公，我怎地就這麼容易的醉了？」老大不好意思的坐起，見到廳上情景，大吃一驚，顫聲道：「怎……怎……那些刺客……已經走了？」

韋小寶道：「太后派那姓董的太監來，使蒙汗藥迷倒了咱們，將三名刺客救去了。」那蒙汗藥分明是張康年親自拿來交給韋小寶的，聽他這麼說，心下全然不信，但藥力初退，腦子兀自胡裏胡塗的，不知如何置答。

韋小寶道：「張大哥，多總管命你暗中放了刺客，是不是？」張康年點頭道：「多總管說，這是皇上的密旨，放了刺客，好追查主使的反賊頭兒是誰。」韋小寶笑道：「是了。可是宮裏走脫了刺客，負責看守的人有罪沒有？」

張康年一驚，道：「那……那自然有罪，不過……不過這是多總管吩咐過的，我們做下屬的，不過奉命行事罷了。」韋小寶道：「多總管有手令給你沒有？」張康年更加驚了，道：「沒……沒有。他親口說了，用……用不著甚麼手令。多總管說道，這是奉了皇上的旨意辦事。」韋小寶問道：「多總管拿了皇上親筆的聖旨給你看了？」張康年顫聲道：「沒……沒有。難道……難道多總管的話是假的？」全身發抖，牙齒上下相擊，格格作聲。

韋小寶道：「假是不假。我就怕多總管不認帳，事到臨頭，往你身上一推，可有些不大妙。張大哥，皇上爲甚麼要放刺客出去？」張康年道：「多總管說，要從這三名刺客身上，引出背後主使的人來。」韋小寶道：「事情倒確是這樣。只不過宮中放走刺客，若不追究，連刺客也不會相信。這背後主使之人，就未必查得出。說不定皇上會殺幾個人，張揚一下，好讓刺客不起疑心。」

這幾句話韋小寶倒沒冤枉了皇帝，康熙確曾命他殺幾名侍衛，以堅被釋刺客之信。張康年驚惶之下，雙膝跪倒，叫道：「公公救命！」說著連連磕頭。

韋小寶道：「張大哥何必多禮。」伸手扶起，笑道：「眼前有現成的朋友頂缸，咱們往這四名太監頭上一推，說他們下蒙汗藥迷倒了衆人，放走刺客，可不跟你沒干係了？皇上聽說這四名太監是太后派來的，自然不會追究。皇上也不是眞的要殺你，只要有人頂缸，將放走刺客之事遮掩了過去，皇上多半還有賞賜給你呢。」

張康年大喜，叫道：「妙計，妙計！多謝公公救命之恩。」

韋小寶心道：「這件事我雖沒救你性命，但適才你昏迷不醒之時，沒一劍將你殺了，卻也是手下留情。皇上金口吩咐，叫我殺幾名侍衛的。」說道：「咱們快救醒衆兄弟，咬定是這四名太監來放了刺客。」

張康年應道：「是，是！」但想不知是否眞能脫卻干係，兀自心慌意亂，手足發軟，當下舀了冷水，將衆侍衛一一救醒。

衆人聽說是太監董金魁將自己迷倒，殺了三名太監，救了三名刺客，無不破口大罵。大家心中起疑：「太后爲甚麼要放走刺客？莫非這些刺客是太后招來的？」但旣牽涉到太后，人人都只在心中想想，誰也不敢宣之於口。這時董金魁的屍身衣衫均已化盡，都道他已帶領刺客逃出宮了。

韋小寶回到自己住處，走進內房。沐劍屛忙問：「桂大哥，有甚麼消息？」韋小寶道：「桂大哥沒消息，好哥哥倒有一些。」

沐劍屛微笑道：「這消息我不著急，自有著急的人來叫你好哥哥。」方怡臉上一陣暈紅，低聲道：「好兄弟！你年紀比我小，我叫你好兄弟，那可行了罷？」韋小寶嘆了口氣，說道：「好老婆變成了好姊姊，眼睛一霎，老母鷄變鴨。行了，救出去啦！」

方怡猛地坐起，顫聲問道：「你……你說我劉師哥已救出去了？」韋小寶道：「大丈夫一言旣出，甚麼馬難追。我答允你去救，自然救了。」方怡道：「怎……怎麼救的？」韋小寶笑道：「山人自有妙計。下次你見到你師哥，他自會說給你聽。」

方怡吁了口長氣，抬頭望著屋頂，道：「謝天謝地，當眞是菩薩保祐。」

韋小寶見到方怡這般歡喜到心坎裏去的神情，心下著惱，輕哼一聲，也不說話。

沐劍屏道：「師姊，你謝天謝地謝菩薩，怎不謝謝你這個好兄弟？」方怡道：「好兄弟的大恩大德，不是說一聲『謝謝』，就能報答得了的。」

韋小寶聽她這麼說，又高興起來，說道：「那也不用怎麼報答。」

方怡道：「好兄弟，劉師哥說了些甚麼話？」韋小寶道：「也沒說甚麼，他只求我救他出去。」方怡「嗯」了一聲，又問：「他問到我們沒有？」韋小寶側頭想了想，說道：「沒有。我跟他說，你是在一個安穩所在，不用躭心，不久我就會送你去和他相會。」方怡點頭道：「是！」突然之間，兩行眼淚從面頰上流了下來。

沐劍屏問道：「師姊，你怎麼哭了？」方怡喉頭哽咽，道：「我……我心中歡喜。」

韋小寶心道：「他媽的，你爲了劉一舟這小白臉，歡喜得這個樣子。這浪勁兒老子可不愛多瞧。小玄子叫我查究主使刺客的頭兒，我得出去鬼混一番，然後回報。」

當下出得宮去，信步來到天橋一帶閒逛。

那書生飛身躍起，猛覺左腳足踝上陡緊，已給人抓住。他右足疾踢陳近南面門，陳近南提起身畔茶几一擋，啪的一聲，一張紅木茶几登時給他踢得粉碎。

第十四回　放逐肯消亡國恨　歲時猶動楚人哀

北京天橋左近，都是賣雜貨、變把戲、江湖閒雜人等聚居的所在。韋小寶還沒走近，只見二十名差役蜂擁而來，兩名捕快帶頭，手拖鐵鍊，鎖拿著五個衣衫襤褸的小販。差役手中舉著七八個麥桿紮成的草把，草把上插滿了冰糖葫蘆。這五個小販顯然都是賣冰糖葫蘆的。

韋小寶心中一動，閃在一旁，眼見衆差役鎖著五名小販而去，只聽得人叢中有個老者嘆道：「這年頭兒，連賣冰糖葫蘆也犯了天條啦。」

韋小寶正待詢問，忽聽得一聲咳嗽，有個人挨近身來，弓腰曲背，滿頭白髮，正是「八臂猿猴」徐天川。他向韋小寶使個眼色，轉身便走。韋小寶跟在他後面。

來到僻靜之處，徐天川道：「韋香主，天大的喜事。」韋小寶微微一笑，心想：

「我將吳立身他們救出去的事，你已經知道了。」說道：「那也沒甚麼。」徐天川瞪眼道：「沒甚麼？總舵主到了！」

韋小寶一驚，道：「我……我師父到了？」徐天川道：「正是，昨晚到的，要我設法通知韋香主，即刻去和他老人家相會。」韋小寶道：「是，是！」跟師父分別了大半年，功夫一點也沒練，師父一見到，立刻便會查究練功進境，只有繳一份白卷，那便如何是好？支吾道：「皇帝差我出來辦事，立刻就須回報。我辦完了事，再去見師父罷。」徐天川道：「總舵主吩咐，他在北京不能多躭，請韋香主無論如何馬上去見他老人家。」

韋小寶見無可推托，只得硬了頭皮，跟著徐天川來到天地會聚會的下處，心想：「早知這樣，這幾天我賴在宮裏不出來啦。師父總不能到宮裏來揪我出去。」還沒進胡同，便見天地會弟兄們散在街邊巷口，給總舵主把風。進屋之後，一道道門戶也都有人把守。

來到後廳，只見陳近南居中而坐，正和李力世、關安基、樊綱、玄貞道人、祁彪清等人說話。韋小寶搶上前去，拜伏在地，叫道：「師父，你老人家來啦，可想煞弟子了。」

陳近南笑道：「好，好，好孩子，大家都很誇獎你呢。」韋小寶站起身來，見師父臉色甚和，放下了一半心，說道：「師父身子安好？」陳近南微笑道：「我很好。你功夫練得怎樣了？有甚麼不明白的地方沒有？」

韋小寶早在尋思，師父考查武功時拿甚麼話來推搪，師父十分精明，可不容易騙過，只有隨機應變，說道：「不明白的地方多著呢。好容易盼到師父來了，正要請師父指點。」陳近南微笑道：「很好，這一次我要爲你多躭幾日，好好點撥你一下。」

正說到這裏，守門的一名弟兄匆匆進來，躬身道：「啓稟總舵主：有人拜山，說是雲南沐王府的沐劍聲和柳大洪。」陳近南大喜，站起身來，說道：「咱們快迎接。」韋小寶道：「弟子沒換過裝束，不便跟他們相見。」陳近南道：「不錯，你在後邊等我罷。」

天地會一行人出去迎客，韋小寶轉到廳後，搬了張椅子坐著。

過不多時，便聽到柳大洪爽朗的笑聲，說道：「在下生平有個志願，要見一見天下聞名的陳總舵主，今日得如所願，當眞歡喜得緊。」陳近南道：「承蒙柳老英雄抬愛，在下愧不敢當。」衆人說著話，走進廳來，分賓主坐下。

沐劍聲道：「貴會韋香主在這裏嗎？在下要親口向他道謝。韋香主大恩大德，敝處上下，無不感激。」陳近南還不知原因，奇道：「韋小寶小小孩子，小公爺如此謙光，太抬舉小孩子了。」只聽一人大聲道：「在下師徒和這劉師姪的性命，都是韋香主救的。韋香主義薄雲天，在下曾向貴會錢師傅說過，貴會如有驅策，姓吳的師徒隨時奉命。」說話的正是「搖頭獅子」吳立身。

陳近南不明就裏，問道：「錢兄弟，這是怎麼一回事？」

錢老本陪著吳立身等三人同去沐劍聲的住處，當下便給留住了酒肉款待。然後沐劍聲、柳大洪親自率同眾人，請錢老本帶路，到天地會的下處來道謝，沒料到總舵主駕到，這時聽陳近南問起，便簡略說了經過，說道韋香主有個好朋友在清宮做太監，受了韋香主之託，不顧危險，將失陷在宮裏的吳立身等三人救了出來。

陳近南一聽，便知甚麼韋香主的好朋友云云，就是韋小寶自己，心下甚喜，笑道：「小公爺、柳老爺子、吳大哥，三位可太客氣了。敝會和沐王府同氣連枝，自己人有難，出手相援，那是理所當然，說得上甚麼感恩報德？那韋小寶是在下的小徒，年幼不懂事，只是於這『義氣』二字，倒還瞧得極重……」說到這裏，心下沉吟：「小寶混在清宮之中，本來十分隱秘，只盼他能刺探到宮中重要機密，以利反清復明大業。既做了這等大事出來，江湖上遲早會知道，若再向沐王府隱瞞，便顯得不夠朋友了。」

吳立身道：「我們很想見一見韋香主，親口向他道謝。」

陳近南笑道：「大家是好朋友，這事雖然干係不小，卻也不能相瞞。混在宮裏當小太監的，就是我那小徒韋小寶自己。小寶，你出來見過眾位前輩。」

韋小寶在廳壁後應道：「是！」轉身出來，向眾人抱拳行禮。

沐劍聲、柳大洪、吳立身等一齊站起，大為驚訝。沐劍聲等沒想到韋香主就是小太監；吳立身、敖彪、劉一舟三人沒想到救他們性命的小太監，竟然便是天地會的韋香主。

韋小寶笑嘻嘻的向吳立身道：「吳老爺子，剛才在皇宮之中，晚輩跟你說的是假名字，你老可別見怪。」吳立身道：「身處險地，自當如此。我先前便曾跟敖彪說，這位小英雄辦事乾淨利落，有擔當、有氣概，實是一位了不起的人物。韃子宮中，怎會有如此人才？我們都感奇怪。原來是天地會的香主，那……嘿嘿，怪不得，怪不得！」說著翹起了大拇指，不住搖頭，滿臉讚嘆欽佩之色。

「搖頭獅子」吳立身是柳大洪的師弟，在江湖上也頗有名聲。陳近南聽他這等稱讚自己徒弟，心中大喜，笑道：「吳兄可別太誇獎了，寵壞了小孩子。」

柳大洪仰起頭來，哈哈大笑，說道：「陳總舵主，你一人可佔盡了武林中的便宜。武功這等了得，聲名如此響亮，手創的天地會這般興旺，連收的徒兒，也這麼給你增光。」陳近南拱手道：「柳老爺子這話，可連我也寵壞了。」柳大洪道：「陳總舵主，姓柳的生平佩服之人沒幾個，你的丰采為人，教我打從心底裏佩服出來。日後趕跑了韃子，咱們朱五太子登了龍庭，這宰相嘛，非請你來當不可。」

陳近南微微一笑，道：「在下無德無能，怎敢居這高位？」

祁彪清插口道：「柳老爺子，將來趕跑了韃子，朱三太子登極為帝，中興大明，這天下兵馬大元帥的職位，大夥兒一定請你老人家來承當。」柳大洪圓睜雙眼，道：「你……你說甚麼？甚麼朱三太子？」祁彪清道：「隆武天子殉國，留下的朱三太子，行宮眼下設在臺灣。他日還我河山，朱三太子自當正位爲君。」

柳大洪霍地挺身，厲聲道：「天地會這次救了我師弟和徒弟，我們很承你們的情。可是大明天子的正統，卻半點也錯忽不得。祁老弟，眞命天子明明是朱五太子。永曆天子乃大明正統，天下皆知，你可不得胡說。」

陳近南道：「柳老爺子請勿動怒，咱們眼前大事，乃是聯絡江湖豪傑，共反滿清，至於將來是朱三太子還是朱五太子登基繼統，說來還早得很，不用先傷了自己人和氣。大明帝系的正統誰屬，自然是大事，可也不是咱們做臣子的一時三刻所能爭得明白的。來來來，擺上酒來，大夥兒先喝個痛快。只要大家齊心協力，將韃子殺光了，甚麼事不能慢慢商量？」

沐劍聲搖頭道：「陳總舵主這話可不對了！名不正則言不順，言不順則事不成。我們保朱五太子，決不是貪圖甚麼榮華富貴。陳總舵主只要明白天命所歸，向朱五太子盡忠，我們沐王府上下，盡歸陳總舵主驅策，不敢有違。」

陳近南微笑搖頭，說道：「天無二日，民無二主。朱三太子好端端在臺灣。臺灣數十萬軍民，天地會十數萬弟兄，早已向朱三太子效忠。」

柳大洪雙眼一瞪，大聲道：「陳總舵主說甚麼數十萬軍民、十數萬弟兄，難道想倚多爲勝嗎？可是天下千千萬萬百姓，都知永曆天子在緬甸殉國，是大明最後一位皇帝。

咱們不立永曆天子的子孫，又怎對得起這位受盡了千辛萬苦、最終死於非命的大明天子？」他本來聲若洪鐘，這一大聲說話，更加震耳欲聾，但說到後來，心頭酸楚，話聲竟嘶啞了。

陳近南這次來到北京，原是得悉徐天川爲了唐王、桂王正統誰屬之事，與沐王府白氏兄弟起了爭執，以致失手打死白寒松。他一心以反淸復明大業爲重，倘若淸兵尙未打跑，自己夥裏先爭鬥個不亦樂乎，反淸大事必定障礙重重。他得訊之後，星夜從河南趕到京城，只盼能以極度忍讓，取得沐王府的原宥。到北京後一問，局面遠比所預料的爲佳，天地會在京人衆由韋小寶率領，已和沐王府的首腦會過面，雙方並未破臉，頗有轉圜餘地，待知韋小寶又救了吳立身等三人，則徐天川誤殺白寒松之事，定可揭過無疑。不料祁彪淸和柳大洪提到唐桂之爭，情勢又趨劍拔弩張。眼見柳大洪說到永曆帝殉國之事，老淚滂滂而下，不由得心中一酸，說道：「永曆陛下殉國，天人共憤。古人言道：『楚雖三戶，亡秦必楚。』何況我漢人多過韃子百倍？韃子勢力雖大，我大漢子孫只須萬衆一心，何愁不能驅除胡虜，還我河山。沐小公爺、柳老爺子，咱們大仇未報，豈可自己先起爭執？今日之計，咱們須當同心合力，殺了吳三桂那廝，爲永曆陛下報仇，爲沐老公爺報仇。」

沐劍聲、柳大洪、吳立身等齊聲道：「對極，對極！」有的人淚流滿面，有的人全身發抖，都激動無比。

陳近南道：「到底正統在隆武，還是在永曆，此刻也不忙細辯。沐小公爺、柳老爺子，天下英雄，只要是誰殺了吳三桂，大家就都奉他號令！」

沐劍聲之父沐天波爲吳三桂所殺，他日日夜夜所想，就是如何殺了吳三桂，聽陳近南這麼說，首先叫了出來：「正是，那一個殺了吳三桂，天下英雄都奉他號令。」

陳近南道：「沐小公爺，敝會就跟貴府立這麼一個誓約，如是貴府的英雄殺了吳三桂，天地會上下都奉沐王府號令……」沐劍聲接著道：「是天地會的英雄殺了吳三桂，雲南沐家自沐劍聲以次，個個都奉天地會陳總舵主號令！」兩人伸出手來，啪的一聲，擊了一掌。

江湖之上，若三擊掌立誓，那就決計不可再有反悔。

二人又待互擊第二掌，忽聽得屋頂上有人一聲長笑，道：「要是我殺了吳三桂呢？」東西屋角上都有人喝問：「甚麼人？」天地會守在屋上的人搶近查問。接著啪的一聲輕響，一人從屋面躍入天井，廳上長窗無風自開，一個青影迅捷無倫的閃了進來。

東邊關安基、徐天川，西邊柳大洪、吳立身同時出掌張臂相攔。那人輕輕一縱，從四人頭頂躍過，已站在陳近南和沐劍聲身前。

關徐柳吳四人合力，居然沒能攔住此人。此人一足剛落地，四人的手指都已抓在他身上，關安基抓住他右肩，徐天川抓住他右脅，柳大洪揑住了他左臂，吳立身則是雙手齊施，抓住了他後腰。四人所使的全是上乘擒拿手法。

那人並不反抗，笑道：「天地會和沐王府是這樣對付好朋友麼？」

衆人見這人一身青布長袍，約莫二十五六歲，身形高瘦，瞧模樣是個文弱書生。

陳近南抱拳道：「足下尊姓大名？是好朋友麼？」

那書生笑道：「不是好朋友，也不來了。」突然間身子急縮，似乎成了一個肉團。關安基等四人手中陡然鬆了，都抓了個空。嗤嗤裂帛聲中，一團青影向上拔起。

陳近南一聲長笑，右手疾抓。那書生脫卻四人掌握，猛覺左腳足踝上陡緊，猶如鐵箍一般箍住。他右足疾出，逕踢陳近南面門。這一腳勁力奇大，陳近南順手提起身畔茶几一擋，啪的一聲，一張紅木茶几登時給他踢得粉碎。陳近南右手甩出，將他往地下擲去。那書生臀部著地，身子卻如在水面滑行，在青磚上直溜出去，溜出數丈，腰一挺，靠牆站起。

關安基、徐天川、柳大洪、吳立身四人手中，各自抓住了一塊布片，卻是將那書生身上青布長袍各自拉下了一片。這幾下兔起鶻落，迅捷無比。六人出手乾淨利落，旁觀衆人看得淸楚，都忍不住大聲喝采。這中間喝采聲最響的，還是那「鐵背蒼龍」柳大洪。吳立身連連搖頭，臉上卻是又慚愧、又佩服的神情。

陳近南微笑道：「閣下既是好朋友，何不請坐喝茶？」那書生拱手道：「這杯茶原是要叨擾的。」踱著方步走近，向眾人團團一揖，在最末的一張椅子上坐下。各人若不是親眼見他顯示身手，眞難相信這樣一個文質彬彬的書生，竟會身負如此上乘武功。

陳近南笑道：「閣下何必太謙？請上坐！」

那書生搖手道：「不敢，不敢！在下得與眾位英雄並坐，已是生平最大幸事，又怎敢上坐？陳總舵主，你剛才問我姓名，未及即答，好生失敬。在下姓李，草字西華。」

陳近南、柳大洪等聽他自報姓名，均想：「武林之中，沒聽到有李西華這一號人物，那多半是假名了。但少年英雄之中，也沒聽說有那一位身具如此武功。」陳近南道：「在下孤陋寡聞，竟未得知江湖上出了閣下這樣一位英雄，好生慚愧。」

李西華哈哈一笑，道：「人道天地會陳總舵主待人誠懇，果然名不虛傳。你聽了賤名，倘若說道『久仰』，在下心中不免有三分瞧你不起了。在下初出茅廬，江湖上沒半點名頭，連我自己也不久仰自己，何況別人？哈哈，哈哈！」

陳近南微笑道：「今日一會，李兄大名播於江湖，此後任誰見到李兄，都要說一聲『久仰』了！」這句話實是極高的稱譽，人人都聽得出來。天地會、沐王府的四大高手居然攔他不住、抓他不牢，陳近南和他對了兩招，也不過略佔上風，如此身手，不數日間自然遐邇知聞。

李西華搖手道：「不然，在下適才所使的，都不過是小巧功夫，不免有些旁門左道。這位老爺子使招『雲中現爪』，抓得我手臂險些斷折。這位愛搖頭的大鬍子朋友雙手抓住我後腰，想必是一招『搏兔手』，抓得我哭又不是，笑又不是。這位白鬍子老公公這招『白猿取桃』，眞把我脅下這塊肉當作蟠桃兒一般，牢牢拿住，再不肯放。這位長鬍子朋友使的這一手……嗯，嗯，招數巧妙，是不是『城隍扳小鬼』啊？」關安基左手大拇指一翹，承認他說得不錯。其實這一招本名「小鬼扳城隍」，他倒轉來說，乃是自謙之詞。

關安基等四人同時出手，抓住他身子，到他躍起掙脫，不過片刻之間，他竟能將四人所使招數說得絲毫無誤，這份見識，似乎又在武功之上。

柳大洪道：「李兄，你身手了得，眼光更是了得。」

李西華搖手道：「老爺子誇獎了。四位剛才使在兄弟身上的，不論那一招，都能取人性命。但四位點到即止，沒傷到在下半分，四位前輩手底留情，在下甚是感激。」

柳大洪等心下大悅，這「雲中現爪」、「搏兔手」、「白猿取桃」、「小鬼扳城隍」四招，每一招確然都能化成極厲害的殺手，只須加上一把勁便是。李西華指出這節，大增他四人臉上光彩。

陳近南道：「李兄光降，不知有何見教？」李西華道：「這裏先得告一個罪。在下對陳總舵主向來仰慕，這次無意之中，得悉陳總舵主來到北京，說甚麼也要來瞻仰丰采。只是沒人引見，只好冒昧做個不速之客，在屋頂之上，偷聽到了幾位的說話。在下恨吳三桂這奸賊入骨，恨不得將他碎屍萬段，忍不住多口，衆位恕罪。」說著站起身來，躬身行禮。

衆人一齊站起還禮。天地會和沐王府幾位首腦自行通了姓名。韋小寶雖是天地會首腦，此刻在北京名位僅次於陳近南，但見李西華的眼光始終不轉到自己臉上，便不說話。

沐劍聲道：「閣下既是吳賊的仇人，咱們敵愾同仇，乃是同道，不妨結盟攜手，共謀誅此大奸。」李西華道：「正是。適才小公爺和陳總舵主正在三擊掌立誓，卻給在下冒冒失失的打斷了。兩位三擊掌之後，在下也來拍上三掌可好？」柳大洪道：「閣下是說，倘若閣下殺了吳三桂，天地會和沐王府羣豪，都得聽奉閣下號令？」李西華道：「那萬萬不敢。在下是後生小子，得能追隨衆位英雄，便已心滿意足，那敢說號令羣雄？」

柳大洪點了點頭，道：「那麼閣下心目之中，認爲永曆、隆武，那一位先帝才是大明的正統？」當年柳大洪跟隨永曆皇帝和沐天波轉戰西南，自滇入緬，經歷無盡艱險，結果永曆皇帝還是給吳三桂害死，他立下血誓，要扶助永曆後人重登皇位。陳近南顧全大體，不願爲此事而生爭執，但這位熱血滿腔的老英雄卻念念不忘於斯。

李西華道：「在下有一句不入耳的言語，衆位莫怪。」柳大洪臉上微微變色，搶著問道：「閣下是魯王舊部？」當年明朝崇禎皇帝死後，在各地自立抗淸的，先有福王，其後有唐王、魯王和桂王。柳大洪一言出口，馬上知道這話說錯了，瞧這李西華的年紀，說不定還是生於淸兵入關之後，決不能是魯王舊部，又問：「閣下先人是魯王舊部？」

李西華不答他的詢問，說道：「將來驅除了韃子，崇禎、福王、唐王、魯王、桂王的子孫，誰都可做皇帝。其實只要是漢人，那一個不可做皇帝？沐小公爺、柳老爺子何嘗不可？臺灣的鄭王爺、陳總舵主自己，也不見得不可以啊。大明太祖皇帝趕走蒙古韃子，並沒去再請宋朝趙家的子孫來做皇帝，自己身登大寶，人人心悅誠服。」

他這番話人人聞所未聞，無不臉上變色。

柳大洪右手在茶几上一拍，厲聲道：「你這幾句話當眞大逆不道。咱們都是大明遺民，孤臣孽子，只求興復明朝，豈可存這等狼子野心？」

李西華並不生氣，微微一笑，道：「柳老爺子，晚輩有一事不明，卻要請教。那便是適才提及過的。大宋末年，蒙古韃子佔了我漢人花花江山，我大明洪武帝龍興鳳陽，趕走韃子，爲甚麼不立趙氏子孫爲帝？」柳大洪哼了一聲，道：「趙氏子孫氣數已盡，這江山是太祖皇帝血戰得來，自然不會拱手轉給趙氏。何況趙氏子孫於趕走元兵一事無尺寸之功，就算太祖皇帝肯送，天下百姓和諸將士卒也必不服。」

李西華道：「這就是了。將來朱氏子孫有沒有功勞，此刻誰也不知。倘若功勞大，人人推戴，這皇位旁人決計搶不去；如果也無尺寸之功，就算登上了龍廷，只怕也坐不穩。柳老爺子，反清大業千頭萬緒，有的當急，有的可緩。殺吳三桂為急，立新皇帝可緩。」

柳大洪張口結舌，答不出話來，喃喃道：「甚麼可急可緩？我看一切都急，恨不得一古腦兒全都辦妥了才好。」

李西華道：「殺吳三桂當急者，因吳賊年歲已高，若不早殺，給他壽終正寢，豈不成為天下仁人義士的終身大恨？至於奉立新君，那是趕走韃子之後的事，咱們只愁打不垮韃子，至於要奉立一位有道明君，總是找得到的。」

陳近南聽他侃侃說來，入情入理，甚是佩服，說道：「李兄之言有理，但不知如何誅殺吳三桂那奸賊？要聽李兄宏論。」李西華道：「不敢當，晚輩正要向各位領教。」沐劍聲道：「陳總舵主有何高見？」陳近南道：「依在下之見，吳賊作孽太大，單是殺他一人，可萬萬抵不了罪，總須搞得他身敗名裂，滿門老幼，殺得寸草不存，連跟隨他為非作歹的兵將部屬，也都一網打盡，方消我大漢千萬百姓心頭之恨。」

柳大洪拍桌大叫：「對極，對極！陳總舵主的話，可說到了我心坎兒裏去。老弟，我聽了你這話，心癢難搔，你有甚麼妙計，能殺得吳賊合府滿門，雞犬不留？」一把抓住陳近南手臂，不住搖動，道：「快說，快說！」

陳近南微笑道：「這是大夥兒的盼望，在下那有甚麼奇謀妙策，能對付得了吳三桂。」

柳大洪「哦」的一聲，放脫了陳近南的手臂，失望之情，見於顏色。

陳近南伸出手掌，向沐劍聲道：「小公爺，咱們還有兩記沒擊。」沐劍聲道：「正是！」伸手和他輕輕擊了兩掌。

陳近南轉頭向李西華道：「李兄，咱們也來擊三掌如何？」說著伸出了手掌。

李西華站起身來，恭恭敬敬的道：「陳總舵主如誅殺了吳賊，李某自當恭奉天地會號令，不敢有違。李某倘若僥倖，得能手刃這神奸巨惡，只求陳總舵主肯賞臉，與李某義結金蘭，讓在下奉你爲兄，除此之外，不敢復有他求。」

陳近南笑道：「李賢弟，你可太也瞧得起我了。好，大丈夫一言既出，駟馬難追。」

韋小寶在一旁瞧著羣雄慷慨的神情，忍不住百脈賁張，恨不得自己年紀立刻大了，武功立刻高了，也如這位李西華一般，在衆位英雄之前大出風頭。聽得師父說到「大丈夫一言既出，駟馬難追」，不禁喃喃自語：「駟馬難追，駟馬難追。」心想：「他媽的，駟馬是匹甚麼馬？跑得這樣快？」

陳近南吩咐屬下擺起筵席，和羣雄飲宴。席間李西華談笑風生，見聞甚博，但始終不露自己的門派家數、出身來歷。

李力世和蘇岡向他引見羣豪。李西華見韋小寶年紀幼小，居然是天地會青木堂的香主，不禁大是詫異，待知他是陳近南的徒弟，心道：「原來如此。」他喝了幾杯酒，先行告辭。

陳近南送到門邊，在他身邊低聲道：「李賢弟，適才愚兄不知你是友是敵，多有得罪，抓住你足踝之時使了暗勁。這勁力兩個時辰之後便發作。你不可絲毫運勁化解，在泥地掘個洞穴，全身埋在其中，只露出口鼻呼吸，每日埋四個時辰，共須掩埋七天，便無後患。」

李西華一驚，大聲道：「我已中了你的『凝血神抓』？」陳近南道：「賢弟勿須驚恐，依此法化解，必無大患。愚兄魯莽得罪，賢弟勿怪。」

李西華臉上驚惶之色隨即隱去，笑道：「那是小弟自作自受。」嘆了口氣，道：「今日始知天外有天，人上有人！」躬身行禮，飄然而去。

柳大洪道：「陳總舵主，你在他身上施了『凝血神抓』？聽說中此神抓之人，三天後全身血液慢慢凝結，變成漿糊一般，無藥可治，到底是否如此？」陳近南道：「這功夫太過陰毒，小弟素來不敢輕施，只是見他武功厲害，又竊聽了我們的機密，不明他是何居心，才暗算了他。這可不是光明磊落的行徑，說來慚愧。」沐劍聲道：「此人若是韃子鷹犬，或是吳三桂的部屬，陳總舵主如不將他制住，咱們的機密洩漏出去，爲禍不小。陳總舵主一舉手間便已制敵，令對方受損而不自知，這等神功，令人好生佩服。」

陳近南又爲白寒松之死向白寒楓深致歉意。白寒楓道：「陳總舵主，此事休得再提。先兄人死不能復生，韋香主救了吳師叔他們三人，在下好生感激。」

沐劍聲心中掛念妹子下落，但聽天地會羣雄不提，也不便多問，以免顯得有懷疑對方之意。又飲了幾巡酒，沐劍聲等起身告辭。韋小寶道：「小公爺，你們最好搬一搬家，早晚韃子便會派兵來跟你們搗亂。雖然你們不怕，但韃子兵越來越多，一時之間，恐怕也殺不了這許多。」柳大洪哈哈大笑，說道：「小兄弟說得好，多謝你關照，我們馬上搬家便是。」沐劍聲道：「陳總舵主、韋香主、衆位朋友，青山不改，綠水長流，後會有期。」

沐王府衆人辭出後，陳近南道：「小寶，跟我來，我瞧瞧你這幾個月來，功夫進境怎樣了。」韋小寶心中怦怦亂跳，臉上登時變色，應道：「是，是。」跟著師父走進東邊一間廂房，說道：「師父，皇帝派我查問宮中刺客的下落，弟子可得趕著回報。」

陳近南道：「甚麼刺客下落？」他昨晚剛到，於宮中有刺客之事，只約略聽說。

韋小寶便將沐王府羣豪入宮行刺、意圖嫁禍於吳三桂等情說了。

陳近南吁了口氣，道：「有這等事？」他雖多歷風浪，但得悉此事也頗爲震動，說道：「沐家這些朋友膽氣粗豪，竟然大舉入宮。我還道他們三數人去行刺皇帝，因而被擒，原來是爲了對付吳三桂這奸賊。你救了吳立身他們三人，再回宮去，不怕危險嗎？」

韋小寶要逞英雄，自然不說釋放刺客是奉了皇帝之命，回宮去絕無危險，吹牛道：「弟子已拉了幾個替死鬼，將事情推在他們頭上，看來一時三刻，未必會疑心到弟子身上。師父叫我在宮裏刺探消息，倘若爲了救沐王府三人，從此不能回宮，豈非誤了師父大事？」

陳近南甚喜，說道：「對，咱們已跟沐劍聲三擊掌立誓，按理說，沐王府贌下來的人已經不多，決不能是天地會的對手。我跟他們立這個約，一來免得爭執唐、桂正統，再傷兩家和氣，韃子未滅，我們漢人豪傑先行自相殘殺起來，大事如何可成？二來如能將沐王府收歸本會，大大增強我天地會的力量。原來他們竟敢入宮大鬧，足見爲了搞倒吳賊，無所不用其極。咱們也須盡力以赴，否則給他們搶了先，天地會須奉沐王府的號令，大夥兒豈不臉上無光？」

韋小寶道：「是啊，沐小公爺有甚麼本事，只不過仗著有個好爸爸，如我投胎在他娘肚皮裏，一樣的是個沐小公爺。像師父這樣的大英雄、大豪傑，倘若不得不聽命於他，可把我氣也氣死了。」

陳近南一生之中，不知聽過了多少恭維諂諛的言語，但這幾句話出於一個十來歲的孩子之口，眞誠可喜，不由得微微一笑。他可不知韋小寶本性機伶，而妓院與皇宮兩處，更是天下最虛僞、最奸詐的所在，韋小寶浸身於這兩地之中，其機巧狡獪，早已遠勝尋常大人。陳近南在天地會中，日常相處的均是肝膽相照的豪傑漢子，那想得到這個小弟子言不由衷，十句話中恐怕有五六句就靠不住。他拍拍韋小寶肩頭，微笑道：「小孩子懂得甚麼？你怎知沐家小公爺沒甚麼本事？」

韋小寶道：「他派人去皇宮行刺，徒然送了許多手下人的性命，對吳三桂卻絲毫無損，那便是沒本事，可說是大大的笨蛋。」陳近南道：「你怎知對吳三桂絲毫無損？」韋小寶道：「這沐家小公爺用的計策是極笨的。他叫進宮行刺之人，所穿內衣上縫了『平西王府』的字，所用兵刃上又刻了『平西王府』或『大明山海關總兵府』的字。韃子又不是笨蛋，自然會想到，如眞是吳三桂的手下，怎會用刻上了字的兵器？」

陳近南點頭道：「這話倒也不錯。」

韋小寶又道：「吳三桂的兒子吳應熊正在北京，帶了大批珠寶財物向皇帝進貢。吳三桂眞要行刺皇帝，不會在這時候。再說，他行刺皇帝幹甚麼？只不過是想起兵造反，自己做皇帝。他一起兵，韃子立刻抓住他兒子殺了，他爲甚麼好端端的派兒子來北京送死？」

陳近南又點頭道：「不錯。」

其實韋小寶雖然機警，畢竟年紀尚幼，於軍國大事、人情世故所知極爲有限，這幾條理由，他是半條也想不出的，恰好康熙曾經跟他說過，便在師父面前裝作是自己見到的事理。

陳近南一聽之下，覺得這徒兒見事明白，天地會中武功好手不少，頭腦如此淸楚之人卻沒幾個。當初他讓這孩子任青木堂香主，只爲了免得青木堂中兩派紛爭，先應了衆人誓言，慢慢再選立賢能，韋小寶旣是自己弟子，屆時命他退位讓賢便是。這時聽了他這番話，暗想：「這孩子有膽有識，此刻已挺了不起，再磨練得幾年，便當眞做青木堂香主，也未必便輸了給其餘九位香主。」問道：「韃子知道了沒有？」

韋小寶道：「此刻還不大明白，不過皇帝好像已起疑心。他今早召集了侍衛，叫他們演習刺客所使的武功家數。有個侍衛演了這幾招，大家在紛紛議論，弟子在旁瞧著，記得了兩招。」當下將「橫掃千軍」、「高山流水」這兩招使了出來。

陳近南嘆道：「沐王府果然沒人才。這明明是沐家拳，淸宮侍衛中好手不少，那有認不出來的？」韋小寶道：「弟子曾見風際中風大哥與玄貞道長演過，料想韃子侍衛們會認得出，只怕韃子要搜查拿人。因此剛才勸沐家小公爺早些出城躱避。」

陳近南道：「很是，很是！你現下便回宮去打聽，明日再來，我再傳你武功。」

韋小寶聽得師父暫不查考自己武功，心中大喜，忙行禮告辭，心想：「今晚臨急抱佛脚，請小郡主將師父那本武功秘訣上的話讀來聽聽，好歹記得一些，明兒師父問起，多少有點兒東西交代。師父只能怪我練得不對，可不能怪我貪懶不用功。誰叫他沒時候教我呢？他要怪，只能怪自己。」

韋小寶回到宮裏上書房，康熙正在批閱奏章，一見到他，便放下了筆，問道：「探到了甚麼消息沒有？」韋小寶道：「皇上料事如神，半點兒不錯，造反的主兒，果然是雲南沐家的。」康熙喜道：「當眞如此？那好極了。瞧多隆的臉色，他現下還不肯信呢。你探到了甚麼？」韋小寶道：「這三名被擒的刺客，本來一口咬定是吳三桂的部屬，多總管將他們打得死去活來，他們說甚麼也不肯改口。」康熙道：「多隆武功不錯，卻是個莽夫。」

韋小寶道：「奴才奉了皇上聖旨，用蒙汗藥將看守的侍衛迷倒，剛好皇太后派了四名太監來，說要立時動手將刺客處死。奴才大膽，就依照皇上安排下的計策，當著刺客之面，將四名太監殺了，將刺客領出宮去。這三個反賊果然半點也沒起疑。」

康熙微笑道：「剛才多隆來報，說道太后手下的一名太監頭兒放走了刺客，我正奇怪，原來是你做的手腳。」

韋小寶道：「皇上可不能跟太后說，否則奴才小命不保。太后已罵過我一頓，說奴才只對皇上盡忠，不對太后盡忠。其實太后和皇上又分甚麼了？再說，天無二日，民無二主，終究只有皇上的聖旨才算得數。太后沒問過皇上，就下旨將刺客殺了，於道理也不大合。」

康熙不去理他的挑撥離間，說道：「我自不會跟太后說。那三名刺客後來怎樣？」

韋小寶道：「我領他們出得宮去，他們三人自行告訴了我眞姓名。原來那老的叫作『搖頭獅子』吳立身，兩名小的，一個叫敖彪，一個叫劉一舟。他們向我千恩萬謝，終於給奴才騙倒，帶我去見他們主人。果然不出皇上所料，暗中主持的是個年輕人，這些反賊叫他作小公爺，眞姓名叫作沐劍聲，是沐天波的兒子。他手下有個武功極高的老頭兒，叫甚麼『鐵背蒼龍』柳大洪，還有『聖手居士』蘇岡哪，白氏雙俠中的白二俠白寒楓等等一干人。分別住在楊柳胡同和南豆芽胡同兩處。」

康熙道：「你都見到了？」韋小寶道：「都見到了。他們說，天下老百姓都道，皇上年紀雖然不大，卻聖明無比，是幾千年來少有的好皇帝，他們便有天大膽子，也不敢加害皇上。前晚所以進宮來胡鬧，完全是想陷害吳三桂，以報復他害死沐天波的大仇。」

這幾句馬屁拍得不免過份，康熙親政未久，天下百姓不會便已歌功頌德，但「千穿萬穿，馬屁不穿」，康熙聽說百姓頌揚自己是幾千年來少有的好皇帝，不由得大悅，微笑道：「我也沒行過甚麼惠民的仁政，『聖明無比』云云，是你杜撰出來的罷？」

韋小寶道：「不，不！是他們親口說的。大家都說鰲拜這大奸臣殘害良民，老百姓們恨他恨到了骨頭裏。皇上一上來就把他殺了，那是大大的好事。他們恭維你是甚麼鳥生，又是甚麼魚湯。奴才也不大懂，想來總是好話，聽著可開心得緊。」

康熙一怔，隨即明白，哈哈大笑，道：「原來是堯舜禹湯，他媽的，甚麼鳥生魚湯！」他想堯舜禹湯的恭維太深奧，韋小寶決計揑造不出，自不會假。那知說書先生說《英烈傳》之時，曾說羣臣不斷頌揚朱元璋是堯舜禹湯，韋小寶聽得熟了，雖不明其意，卻知「鳥生魚湯」乃專拍皇帝馬屁的好話，朱元璋每次聽了，都是「龍顏大悅」。

韋小寶這時將這句話用在小皇帝身上，果見康熙也是「龍顏大悅」，笑得極是歡暢，知這馬屁拍對了，問道：「皇上，『鳥生魚湯』到底是甚麼東西？」康熙笑道：「還在鳥生魚湯？你這傢伙可眞沒半點學問。堯舜禹湯是古代的四位有道明君，大聖大智，有仁德於天下的好皇帝。」韋小寶道：「怪不得，怪不得！這些反賊倒也不是全然不明白事理。」

康熙道：「雖是如此，也不能讓他們就此逃走，快傳多隆來。」

韋小寶應了，出去將御前侍衛總管多隆傳進上書房。康熙吩咐多隆：「反賊果然是雲南沐家的人，你帶領侍衛，立刻便去擒拿。小桂子，反賊一夥有些甚麼腳色，你跟多總管說說。」韋小寶當下將沐劍聲、柳大洪等人的姓名說了。

多隆吃了一驚，說道：「原來是『鐵背蒼龍』在暗中主持，這批賊子來頭可不小。那『搖頭獅子』吳立身，奴才也聽過他名字，沒想到在宮裏關了他兩日兩夜，卻查不到他的底細。奴才倘若聰明一點兒，見到他老是搖頭，早就該想到了。如不是聖上明斷，我們侍衛房裏的人，都認定是吳三桂派的人。」康熙微微一笑，說道：「就怕他們這時早已走了，這一次未必拿得到。」頓了一頓，又道：「既知道了正主兒，就算這次拿不到，也沒甚麼大礙。就怕咱們蒙在鼓裏，上了人家的當還不知道。」多隆道：「是，是。奴才們胡塗，幸好主子英明，否則可不得了。」磕頭告退，立刻點人去拿。

康熙道：「小桂子，我去慈寧宮請安，你跟我來。」韋小寶應道：「是！」想到要見太后，不由得膽戰心驚。康熙道：「你愁眉苦臉幹甚麼？我帶你去見太后，正為的是要保住你頭上這顆腦袋。」韋小寶應道：「是，是！」

到了慈寧宮，康熙向太后請了安，稟明刺客來歷，說是自己派小桂子故意放走刺客，終於查明了眞相。

太后微微一笑，說道：「小桂子，你可能幹得很哪！」

韋小寶跪下又再磕頭，道：「那是皇上料事如神，一切早都算定了，奴才不過奉皇上差遣辦事而已。奴才所幹的事，從頭至尾全是皇上吩咐的，奴才自己可沒拿半點主意。」

太后向他望了一眼，哼了一聲，說道：「你頑皮胡鬧，可不是皇上吩咐的罷！小孩子家出得宮去，一定到處去玩耍了，可到天橋看把戲沒有？買了冰糖葫蘆吃沒有？」

韋小寶想到在天橋見到官差捉拿賣冰糖葫蘆的小販，料來定是太后所遣，她怕那人將消息傳去五台山告知瑞棟，便不分青紅皀白，將天橋一帶所有賣冰糖葫蘆的小販都抓了，自然不分青紅皀白，盡數砍了，念及她手段的毒辣，忍不住打了個寒噤，說道：「是，是！」

太后微笑道：「我問你哪，你買了冰糖葫蘆來吃沒有？」

韋小寶道：「回太后的話：奴才在街上聽人說道，這幾日天橋不大平靜，九門提督府派人將販賣冰糖葫蘆的小販都捉了去，說道裏面有不少歹人。因此本來賣冰糖葫蘆的，現下都改了行，有的賣涼糕兒，有的賣花生，還有改行賣酸棗、賣甜餅的，這些人奴才見得多了，有些臉孔很熟，他們都說不賣冰糖葫蘆啦。還有一個人眞好笑，說要到甚麼五台山、六台山去，販些和尚們吃的素饅頭來賣。」

太后豎眉大怒，自然明白韋小寶這番話的用意，那是說這個傳訊之人沒給抓著，以後也別想抓他得到，隨即微微冷笑，說道：「很好，你很好，很能幹。皇帝，我想要他在我身邊辦事，你瞧怎麼樣？」

康熙這些日來差遣韋小寶辦事，甚是得力，倚同左右手一般，這次親來慈寧宮，便是要向太后解釋，韋小寶殺了太后所遣的四名太監，是奉自己之命，請太后不要怪責於他，突然聽得太后要人，不由得一怔。他事母甚孝，太后雖不是他親生母親，但他自幼由太后撫養長大，實和親母無異，自是不敢違拗，微笑道：「小桂子，太后抬舉你，還不趕快謝恩？」

韋小寶聽得太后向皇帝要人，已然嚇得魂飛天外，一時心下胡塗，只想拔腳飛奔，就此逃出皇宮，再也不回來了，聽得康熙這麼說，忙應道：「是，是！」連連磕頭，說道：「多謝太后恩典，皇上恩典。」

太后冷笑道：「怎麼啦？你只願服侍皇上，不願服侍我，是不是？」韋小寶道：「服侍太后和皇上都是一樣，奴才一樣的忠心耿耿，盡力辦事。」太后道：「那就好了。御膳房的差使，你也不用當了，專門在慈寧宮便是。」韋小寶道：「是，多謝太后恩典。」

康熙見太后要了韋小寶，快快不樂，說了幾句閒話，便辭了出來。韋小寶跟著出去。太后道：「小桂子，你留著，讓旁人跟皇上回去。我有件事交給你辦。」

韋小寶道：「是！」眼怔怔瞧著康熙的背影出了慈寧宮，心想：「你這一去，我可就糟了，不知以後還見不見得著你。」忍不住便想大哭。

太后慢慢喝茶，目不轉睛的打量韋小寶，只看得他心中發毛，過了良久，問道：「那到五台山去販賣素饅頭的，甚麼時候再回北京？」韋小寶道：「奴才不知。」太后道：「你甚麼時候再去會他？」韋小寶隨口胡謅：「奴才跟他約好，一個月後相會，不過不是在天橋了。」太后道：「在甚麼地方？」韋小寶道：「他說到那時候，他自會設法通知奴才。」

太后點了點頭，道：「那你就在慈寧宮裏，等他的訊息好了。」雙掌輕輕一拍，內室走了一名宮女出來。

這宮女已有三十五六歲年紀，體態極肥，腳步卻甚輕盈，臉如滿月，眼小嘴大，笑嘻嘻的向太后彎腰請安。

太后道：「這個小太監名叫小桂子，又大膽又胡鬧，我倒很喜歡他。」那宮女微笑道：「是，這個小兄弟果然挺靈巧的。小兄弟，我名叫柳燕，你叫我姊姊好啦。」

韋小寶心道：「他媽的，你是頭肥豬！」笑道：「是，柳燕姊姊，你這名字眞好，腰身好似楊柳，這麼嬝啊嬝的，就像一隻小燕兒。」在太后跟前，旁的宮女太監那敢說半句這等輕佻言語，但韋小寶明知無倖，這種話說了是這樣，不說也是這樣，那麼不說也是白饒。

柳燕嘻嘻一笑，說道：「小兄弟，你這張嘴可也眞甜。」

太后道：「他嘴兒甜，腳下也快。柳燕，你說有甚麼法子，叫他不會東奔西跑，在宮裏亂走亂闖？」柳燕道：「太后把他交給奴才，讓我好好看管著就是。」太后搖頭道：「這小猴兒滑溜得緊，你看他不住的。我派瑞棟去傳他，他卻花言巧語，將瑞棟這膽小鬼嚇跑了。我又派了四名太監去傳他，他串通侍衛，將這四人殺了。我再派四人去，不知他做了甚麼手腳，竟將董金魁他們四人又都害死了。」

柳燕嘖嘖連聲，笑道：「啊喲，小兄弟，你這可也太頑皮啦！太后，看來只有將他一雙腿兒砍了，讓他乖乖的躺著，那不是安靜太平得多嗎？」

太后嘆了口氣，道：「我看也只有這法兒了。」

韋小寶縱身而起，往門外便奔。

他左腳剛跨出門口，驀覺頭皮一緊，辮子已給人拉住，跟著腦袋向後一仰，身不由主的便一個觔斗，倒翻了過去，心口一痛，一隻腳已踏在胸膛之上。只見那隻腳肥肥大大，穿著一隻紅色繡金花的緞鞋，自是給柳燕踏住了。韋小寶情急之下，衝口罵道：「臭婆娘，快鬆開你臭腳！」柳燕腳上微一使勁，韋小寶胸口十幾根肋骨格格亂響，連氣也喘不過來。只聽柳燕笑道：「小兄弟，你一雙腳倒香得很，我挺想砍下來聞聞。」

韋小寶心想太后恨自己入骨，大可將自己一雙腳砍了，再派人抬著，去見替瑞棟傳訊之人，還可暗中派遣高手，跟著那人上五台山去，將瑞棟殺了。但世上早已沒有瑞棟這一號人，西洋鏡終究要拆穿，眼前大事，是要保住這一雙腿，此刻恐嚇已然無用，只有出之於利誘，便冷冷的道：「太后，你砍了我的腿不打緊，就算砍了我腦袋，小桂子也不過矮了一截，沒有甚麼，可惜那《四十二章經》，嘿嘿，嘿嘿……」

太后一聽到「四十二章經」五字，立時站起，問道：「你說甚麼？」韋小寶道：「我說那幾部《四十二章經》，未免有點兒可惜。」

太后向柳燕道：「放他起來。」柳燕左足一提，離開韋小寶的胸膛，腳板抄入他身底，在他背心一挑，將他身子挑得彈了起來，左手伸出，已抓住他後領，提在半空，再往地下重重一頓。韋小寶給她放倒提起，毫無抗拒之能，本已到了口邊的一句「臭婆娘」，嚇得又吞入了肚裏。

太后問道：「《四十二章經》的話，你是聽誰說的？」韋小寶道：「反正我兩條腿就要給你砍了，我甚麼也不說，大夥兒一拍兩散，我沒腿沒腦袋，你也沒《四十二章經》。」

柳燕道：「我勸你還是乖乖的回答太后的好。」韋小寶道：「回答了是死，不回答也是死，爲甚麼要回答？最多上些刑罰，我才不怕呢。」柳燕拿起他左手，笑道：「小兄弟，你的手指又尖又長，長得挺好看啊。」韋小寶道：「最多你把我的手指都斬斷了，又有甚麼希罕……」一句話未畢，手指上劇痛連心，「啊」的一聲大叫了出來，卻原來柳燕兩根手指拿住他左手食指重重一夾，險些將他指骨也揑碎了。這肥女人笑臉迎人，和藹可親，下手卻如此狠辣，而指上的力道更十分驚人，一夾之下，有如鐵鉗。

韋小寶這一下苦頭可吃得大了，眼淚長流，叫道：「太后，你快快將我殺了，那幾部《四十二章經》，那叫做老貓聞鹹魚，嗅鰲啊嗅鰲（休想）！」太后道：「你將《四十二章經》的事老實說出來，我就饒你性命。」韋小寶道：「我不用你饒命，經書的事，我也決計不說。」

太后眉頭微蹙，對這倔強小孩，一時倒感無法可施，隔了半晌，緩緩道：「柳燕，如他不說，你便將他的兩隻眼珠挖了出來。」

柳燕笑道：「很好，我先挖他一隻眼珠。小兄弟，你的眼珠子生得可真靈，又黑又圓，骨碌碌的轉動，挖了出來，可不大漂亮啊。」說著右手大拇指放上他右眼皮，微微使勁。

韋小寶只覺眼珠奇痛，只好屈服，叫道：「投降，投降！你別挖我眼珠子，我說就是了。」柳燕放開了手，微笑道：「那才是乖孩子，你好好的說，太后疼你。」

韋小寶伸手揉了揉眼珠，將那隻痛眼眨了幾眨，閉起另一隻眼睛，側過了頭向柳燕瞧了一會，搖頭道：「不對，不對！」柳燕道：「甚麼不對？別裝模作樣了，太后問你的話，快老實回答。」韋小寶道：「我這隻眼珠子給你撳壞了，瞧出來的東西變了樣，我見到你是人的身子，脖子上卻生了個大肥豬的腦袋。」

柳燕也不生氣，笑嘻嘻的道：「那倒挺好玩，我把你左邊那顆眼珠子也撳壞了罷。」

韋小寶退後一步，道：「免了罷，謝謝你啦。」閉起左眼向太后瞧去，搖了搖頭。

太后大怒，心想：「這小鬼用獨眼去瞧柳燕，說見到她脖子安著個豬腦袋，現下又這般瞧我，他口中不說，心裏不知在如何罵我，定是說見到我脖子上安著個甚麼畜生腦袋。」冷冷的道：「柳燕，你把他這顆眼珠子挖了出來，免得他東瞧西瞧。」

韋小寶忙道：「沒了眼珠，怎麼去拿《四十二章經》給你？」太后問道：「你有《四十二章經》？那裏來的？」韋小寶道：「瑞棟交給我的，他叫我好好收著，放在一個最隱秘的所在。他說：『小桂子兄弟啊，皇宮裏面，想害你的人很多，倘若將來你有甚麼三長兩短，短了兩隻眼珠子或兩條腿子，這部經書就從此讓它不見天日好啦。害你的人，眼珠子雖然不瞎，看不到這部寶貝經書，也跟瞎了眼珠子的人沒甚麼分別，這叫做自作自受！』太后，那部經書是紅綢子封皮，鑲白邊兒的，也不知道是不是？」

太后不信瑞棟說過這種話，但她差遣瑞棟去處死宗人府的鑲紅旗旗主和察博，取了他府中所藏的《四十二章經》，卻確是事實。當日瑞棟回報之時，她正急於要殺韋小寶滅口，來不及詢問經書，此刻聽他這麼說，心下又怒又喜；怒的是瑞棟竟將經書交了給這小鬼，喜的是終於探得了下落，說道：「既是如此，柳燕，你就陪了這小鬼去取那經書來給我。倘若經書不假，咱們就饒了他性命，將他還給皇帝算啦。咱們永世不許他再進慈寧宮來，免得我見了這小鬼就生氣。」

柳燕拉住韋小寶右手，笑道：「小兄弟，咱們去罷！」韋小寶將手一摔，道：「我是男人，你是女人，拉拉扯扯的成甚麼樣子？」柳燕只輕輕握住他手掌，那知她手指上竟似有極強的黏力，牢牢黏住了他手掌，這一摔沒能摔脫她手。柳燕笑道：「你是太監，算甚麼男人了？就算眞是男子漢，你這小鬼頭給我做兒子也還嫌小。」

韋小寶道：「是嗎？你想做我娘，我覺得你跟我娘當眞一模一樣。」

柳燕那知他是繞了彎子，在罵自己是婊子，呸了一聲，笑道：「姑娘是黃花閨女，你別胡說。」一扯他手，走出門外。

來到長廊，韋小寶心念亂轉，只盼能想個甚麼妙法來擺脫她的掌握，那柄鋒利之極的匕首插在右腳靴筒裏，如伸左手去拔，手一動便給她發覺了，這女人武功了得，就算自己雙手都有利器，也未必能跟她走上三招兩式，心下嘀咕：「他媽的，那裏忽然鑽了這樣一口大肥豬出來？錢老闆甚麼不好送，偏偏送肥豬，我早就覺得不吉利。老婊子跟老烏龜動手之時，這頭母豬一定還不在慈寧宮，否則她只要出來幫上一幫，老烏龜立時就翹辮子。這頭母豬定是這兩天才來宮裏的，否則前幾天老婊子就派她來殺我了，不用老婊子親自動手。」想到這裏，突然心生一計，帶著她向東而行，逕往乾淸宮側的上書房走去，眼前只有去求康熙救命，這肥豬進宮不久，未必識得宮中的宮殿道路。

他只向東跨得一步，第二步還沒跨出，後領一緊，已給柳燕一把抓住。她嘻嘻一笑，問道：「好兄弟，你上那裏去？」韋小寶道：「我到屋裏去取經啊。」柳燕道：

「那你怎麼去上書房？想要皇上救你嗎？」韋小寶忍不住破口而罵：「臭豬，你倒認得宮裏的道路。」

柳燕道：「別的地方不認得，乾淸宮、慈寧宮，和你小兄弟的住處，倒還不會認錯。」手勁向右一扭，將他身子扭得朝西，笑道：「乖乖走路，別掉槍花。」她話聲柔和，這一扭勁力卻是極重。韋小寶頸骨格格聲響，痛得大叫，還道頭頸已給她扭斷。

前面兩名太監聽見聲音，轉過頭來。柳燕低聲道：「太后吩咐過的，你如想逃，又或是出聲呼叫，要我立刻殺了你。」韋小寶心想縱然大聲求救，驚動了皇帝，康熙也不會違背母后之命。皇帝對自己雖好，決不致爲了一個小太監而惹母親生氣。最好能碰到幾名侍衛，挑撥他們殺了柳燕。突然腰裏一痛，給她用手肘大力一撞，聽她說道：「想使甚麼鬼計嗎？」

韋小寶無奈，只得向自己住處走去。心下盤算：「到得我房中，雖有兩個幫手，但方怡和小郡主身上有傷，我們三個對一個，還是打不過大肥豬。給她發見了兩人蹤跡，枉自多送兩人性命。」

到了門外，他取出鑰匙開鎖，故意將鑰匙和鎖相碰，弄得叮叮噹噹的直響，大聲說道：「臭婆娘，大肥豬，你這般折磨我，終有一日，我叫你不得好死！」柳燕笑道：「你且顧住自己會不會好死，卻來多管別人閒事。」韋小寶砰的一聲，將門推開，說道：「這經書給不給太后，你都會殺了我的。你當我是傻瓜，想僥倖活命嗎？」柳燕道：「太后既說過饒你，多半會饒了你性命，最多挖了你一對眼珠，斬了你一雙腿。」韋小寶罵道：「你以爲太后待你很好嗎？你害死我之後，太后也必殺了你滅口。」

這句話似乎說中柳燕的心事，她一呆，隨即在他背上力推。韋小寶立足不定，衝進屋去。他在門外說了這許多話，料想方怡和小郡主早已聽到，知道來了兇惡的敵人，自是縮在被窩之中，連大氣也不敢透。

柳燕笑道：「我沒空等你，快去拿出來。」又在他背上重重一推。韋小寶一個踉蹌，幾步衝入了內房。柳燕跟了進去。韋小寶一瞥眼，見床前並排放著兩對女鞋。其時天色已晚，房中並無燈燭，柳燕進房後沒立即發現。

韋小寶暗叫：「不好！」乘勢又向前一衝，將兩雙鞋子推進床下，跟著身子也鑽了進去，心想再來一次，以殺瑞棟之法宰了這頭肥豬，一鑽進床底，右足便想縮轉，右手去摸靴筒中的匕首，不料右足踝一緊，已給柳燕抓住，聽她喝問：「幹甚麼？」

韋小寶道：「我拿經書，這部書放在床底下。」柳燕道：「好！」諒他在床底也逃不到那裏去，便放脫了他足踝。韋小寶身子一縮，蜷成一團，拔了匕首在手。柳燕喝道：「拿出來！」韋小寶道：「咦！好像有老鼠，啊喲，啊喲，可不得了，怎地把經書咬得稀爛啦？」

柳燕道：「你想弄鬼，半點用處也沒有！給我出來！」伸手去抓，卻抓了個空，原來韋小寶已縮在靠牆之處。柳燕向前爬了兩尺，上身已在床下，又伸指抓出。

韋小寶轉過身來，無聲無息的挺匕首刺出。刀尖剛和她右手手背相觸，柳燕便即知覺，反應迅捷之極，手掌翻過探出，抓住了韋小寶的手腕，指力一緊，韋小寶手上已全無勁力，只得鬆手放脫匕首。柳燕笑道：「你想殺我？先挖了你一顆眼珠子。」右手叉住他咽喉，左手便去挖他眼睛。韋小寶大叫：「有條毒蛇！」柳燕驚叫：「甚麼？」突然「啊」的一聲大叫，叉住韋小寶喉嚨的手漸漸鬆了，身子扭了幾下，伏倒在地。

韋小寶又驚又喜，忙從床底下爬出，只聽沐劍屏道：「你……你沒受傷嗎？」韋小寶掀開帳子，見方怡坐在床上，雙手扶住劍柄，不住喘氣，那口長劍從褥子上插向床底，直沒至柄。原來她聽得韋小寶情勢緊急，又見柳燕的背脊挺起床褥，便從床上挺劍插落，長劍穿過褥子和棕綳，直刺入柳燕的背心。韋小寶在柳燕屁股上踢了一腳，見她一動不動，欣喜之極，說道：「好……好姊姊，是你救了我性命。」

憑著柳燕的武功，方怡雖在黑暗中向她偷襲，也必難以得手，但她見韋小寶開鎖入房，絲毫沒想到房中伏得有人，這一劍又是隔著床褥刺下，事先沒半點朕兆，待得驚覺，長劍已然穿心而過。縱是武功再強十倍之人，也沒法避過。只不過眞正的高手自重身分，決不會像她這般鑽入床底去捉人而已。

韋小寶怕她沒死透，拔出劍來，隔著床褥又刺了兩劍。沐劍屏道：「這惡女人是誰？她好兇，說要挖你眼珠子。」韋小寶道：「是老婊子太后的手下。」問方怡道：「你傷口痛嗎？」方怡皺著眉頭，道：「還好！」其實剛才這一劍使勁極大，牽動了傷口，痛得她幾欲暈去，額頭上汗水一滴滴的滲出。

韋小寶道：「過不多久，老婊子又會再派人來，咱們可得立即想法子逃走。嗯，你們兩個女扮男裝，裝成太監模樣，咱們混出宮去。好姊姊，你能行走嗎？」方怡道：「勉強可以罷。」韋小寶取出自己兩套衣衫，道：「你們換上穿了。」

將柳燕的屍身從床底下拖出，拾起匕首收好，在屍身上彈了些化屍粉。忙將銀票、金銀珠寶、兩部《四十二章經》，以及武功秘訣包了個包袱，那一大包蒙汗藥和化屍粉，自然也非帶不可。

沐劍屏換好衣衫，先下床來。韋小寶讚道：「好個俊俏的小太監，我來給你打辮子。」過了一會，方怡也下床來。她身材比韋小寶略高，穿了他衣衫繃得緊緊的，很不合身，一照鏡子，忍不住笑了出來。

沐劍屏笑道：「讓他給我打辮子，我給師姊打辮子。」韋小寶拿起沐劍屏長長的頭髮，胡亂打了個鬆鬆的大辮。沐劍屏照了照鏡子，說道：「啊喲，這樣難看，我來打過。」韋小寶道：「現下不忙便打過。此刻天已黑了，出不得宮。老婊子不見肥豬回報，又會派人來拿我。咱們先找個地方躲一躲，明兒一早混出宮去。」

方怡問道：「老……太后不會派人在各處宮門嚴查麼？」

韋小寶道：「也只好走一步算一步了。」想起從前跟康熙比武摔跤的那間屋子十分清靜，從沒第三人到來，當下扶著二人出屋。

沐劍屏斷了腿，拿根門閂撐了當拐杖。方怡走一步，便胸口一痛。韋小寶右手攬住她腰間，半扶半抱，向前行去。好在天色已黑，他又儘揀僻靜的路走，撞到幾個不相干的太監，也沒人留意。到得屋內，三人都鬆了口氣。韋小寶轉身將門閂上，扶著方怡在椅子上坐了，低聲道：「咱們在這裏別說話，外面便是走廊，可不像我住的屋子那麼僻靜。」

夜色漸濃，初時三人尚可互相見到五官，到後來只見到朦朧的身影。沐劍屏嫌韋小寶給結的辮子不好看，自己解開了又再結過。方怡拉過自己辮子在手中搓弄，忽然輕輕「啊」的一聲。韋小寶低聲問道：「怎麼？」方怡道：「沒甚麼，我掉了根銀釵子。」沐劍屏道：「啊，是了，我解開你頭髮時，將你那根銀釵放在桌上，打好了辮子，卻忘記給你揷回頭上。眞糟糕，那是劉師哥給你的，是不是？」方怡道：「一根釵子，又打甚麼緊了？」

韋小寶聽她雖說並不打緊，語氣其實十分惋惜，心想：「好人做到底，我去悄悄給她取回來。」當下也不說話，過了一會，說道：「肚裏餓得很了，挨到明天，只怕沒力氣走路。我去找些吃的。」沐劍屏道：「快回來啊。」

韋小寶道：「是了。」走到門邊，傾聽外面無人，開門出去。

他快步回到自己住處，生怕太后已派人守候，繞到屋後聽了良久，確知屋子內外無人，這才推開窗子，爬了進去。其時月光斜照，見桌上果然放著一根銀釵。這銀釵手工甚粗，最多值得一二錢銀子，心想：「劉一舟這窮小子，送這等寒蠢的禮物給方姑娘。」在銀釵上吐了口唾沫，又在鞋底擦上些泥污，放入衣袋，從錫罐、竹籃、抽屜、床上擱板等處胡亂拿些糕餅點心，塞入紙盒，揣進懷中。

正要從窗口爬出，忽見床前赫然有一對紅色金線繡鞋，鞋中竟然各有一隻腳。

韋小寶嚇了一大跳，淡淡月光下，見一對斷腳上穿了一雙鮮艷的紅鞋，甚是可怖。隨即明白：柳燕的屍身為化屍粉化去時，床前地面不平，屍身化成的黃水流向床底，留下兩隻腳沒化去。他轉過身來，待要將兩隻斷腳踢入黃水之中，但黃水已乾，化屍粉卻已包入包袱，留在方怡與沐劍屏身邊，心念一轉，童心忽起：「他媽的，老子這次出宮，再也見不到老婊子了，老子把這兩隻腳丟入她屋中，嚇她個半死。」取過一件長衫，裹住一雙連鞋的斷腳，牢牢包住，爬出窗外，悄悄向慈寧宮行去。

離慈寧宮將近，便不敢再走正路，閃身花木之後，走一步，聽一聽，心想：「倘若一個不小心，給老婊子捉到了，那可是自投羅網。」又覺有趣，又感害怕，一步步的走近太后寢宮。手心中汗水漸多，尋思：「我把這對豬蹄子放在門口的階石上，她明天定會瞧見。如投入天井，畢竟太過危險。」

輕輕的又走前兩步，忽聽得一個男人聲音說道：「阿燕怎麼搞的，怎地到這時候還沒回來？」韋小寶大奇：「屋中怎會有男人？這人說話的聲音又不是太監，莫非老婊子有了姘頭？哈哈，老子要捉姦！」他心中雖說要「捉姦」，可是再給他十倍膽子，卻也不敢，但好奇心大起，決不肯就此放下斷腳而走。

向著聲音來處躡手躡足的走了幾步，每一步都輕輕提起，極慢極慢的放下，以防踏到枯枝，發出聲響。只聽那男人哼了一聲，說道：「只怕事情有變。你既知這小鬼十分滑溜，怎地讓阿燕獨自帶他去？」韋小寶心道：「原來你是在說你老子。」

只聽太后道：「阿燕的武功高他十倍，人又機警，步步提防，那會出事？多半那部經書放在遠處，阿燕押了小鬼去拿去了。」那男人道：「能拿到經書，自然很好，否則的話，哼哼！」這人語氣嚴峻，對太后如此說話，實是無禮已極。韋小寶越來越奇怪：「天下有誰能對她這般說話？難道老皇帝從五台山回來了？」想到順治皇帝回宮，大爲興奮，心想定將有齣好戲上演。奇怪的是，附近竟沒一名宮女太監，敢情都給太后遣開了。

只聽得太后說道：「你知我已盡力而爲。我這樣的身分，總不能親自押著個小太監，在宮裏走來走去。我踏出慈寧宮一步，宮女太監就跟了一大串，還能辦甚麼事？」那男人道：「你不能等到天黑再押他去嗎？要不然就通知我，讓我押他去拿經書。」太后道：「我可不敢勞你的駕。你在這裏，甚麼形跡也不能露。」那男人冷笑道：「遇到了這等大事，還管甚麼？我知道，你不肯通知我，是怕我搶了你的功勞。」太后道：「有甚麼好搶的？有功勞是這樣，沒功勞也是這樣。只求太平無事的多挨上一年罷了。」語氣中充滿怨懟。

韋小寶若不是淸淸楚楚認得太后的聲音，定會當作是個老宮女在埋怨自辯。那兩人的說話都壓低了嗓子，但相距旣近，靜夜中別無其他聲息，決不致聽錯，聽他二人說甚麼「搶了功勞」，那麼這男子又不是順治皇帝了。

他好奇心再也無法抑制，慢慢爬到窗邊，找到了窗上一個小洞，向內張去。這般站在窗外偷看，他在麗春院自幼便練得熟了，心道：「從前我偷看瘟生嫖我媽媽，今晚偷看老婊子接客。」只見太后側身坐在椅上，一個宮女雙手負在身後，在房中踱步，此外更無旁人，心想：「那男人卻到那裏去了？」只見那宮女轉過身來，說道：「不等了，我去瞧瞧。」

她一開口，韋小寶嚇了一跳，原來這宮女一口男嗓，剛才就是她在說話。韋小寶在窗孔中只瞧得到她胸口，瞧不見她臉。

太后道：「我和你同去。」那宮女冷笑道：「你就是不放心。」太后道：「那又有甚麼不放心了？我疑心阿燕有甚古怪，咱二人聯手，容易制她。」那宮女道：「嗯，那也不可不防，別在陰溝裏翻船。這就去罷！」

太后點點頭，走到床邊，掀開被褥，又揭起一塊木板，燭光下青光閃動，手中已多了一柄短劍，她將短劍插入劍鞘，放入懷中。韋小寶心想：「原來老婊子床上還有這麼個機關。她是防人行刺，短劍不插入劍鞘，那是伸手一抓，拿劍就可殺人，用不著先從鞘中拔出。萬分緊急的當兒，可差不起這麼霎一霎眼的時刻。」

只見太后和那宮女走出寢殿，虛掩殿門，出了慈寧宮，房中燭火也不吹熄，韋小寶心想：「我將這對豬蹄放在她床上那個機關之中，待會她放還短劍，忽然摸到這對豬蹄，管教嚇得她死去活來。」

只覺這主意妙不可言，當即閃身進屋，掀開被褥，見床板上有個小銅環，伸指一拉，一塊闊約一尺、長約二尺的木板應手而起，下面是個長方形的暗格，赫然放著三部經書，正是他曾見過的《四十二章經》。兩部是他在鰲拜府中所抄得，原來放經書的玉匣已不在了。另有一部封皮是白綢子鑲紅邊，那晚聽海老公與太后說話，說順治皇帝送給董鄂妃一部經書，太后殺了董鄂妃後據爲己有，料想就是這部了。

韋小寶大喜，心想：「這些經書不知有甚麼屁用，人人都這等看重。老子這就來個順手牽羊，把老婊子氣個半死。」當即取出三部經書，塞入懷裏。將柳燕那雙腳從長袍中抖入暗格，蓋上木板，放好被褥，將長袍踢入床底，正要轉身出外，忽聽得外房門呀的一聲響，有人推門而進。

這一下當眞嚇得魂飛天外，那料到太后和那宮女回來得這樣快，想也不及想，一低頭便鑽入床底，心中不住叫苦，只盼太后忘記了甚麼東西，回來拿了，又去找尋自己，又盼她所忘記的東西，並非放在被褥下的暗格之中。

只聽得腳步聲輕快，一人竄了進來，果是個女子，腳上穿的是雙淡綠鞋子，褲子也是淡綠，瞧褲子形狀是個宮女，心想：「原來是服侍太后的宮女，她身有武功，不會是蕊初。她如不馬上出去，可得將她殺了。最好她走到床前來。」輕輕拔出匕首，只待那宮女走到床前，一刀自下而上，刺她小腹，包管她莫名其妙的就此送命。

只聽得那宮女開抽屜，開櫃門，搬翻東西，在找尋甚麼物事，卻始終不走到床前，跟著聽得嗤嗤幾聲響，她用甚麼利器劃破了兩口箱子。韋小寶一驚：「這人不是尋常宮女，是到太后房中偷盜來的，莫非是來盜《四十二章經》？她手中既有刀劍，看來武功也不會差過老子，我如出去，別說殺她，只怕先給她殺了。」聽得那女子在箱中一陣亂翻，又劃破了西首三口箱子找尋。韋小寶肚裏不住咒罵：「你再不走，老婊子可要回來了。你送命不打緊，累得我韋小寶陪你歸天，你的面子未免太大了。」

那女子找不到東西，似乎十分焦急，在箱中翻得更快。

韋小寶就想投降：「不如將經書拋了出去給她，好讓她快快走路。」

便在此時，門外腳步聲響，只聽得太后低聲道：「我說定是柳燕這賤人拿到經書，自行走了。」那女子聽到人聲，已不及逃走，跨進衣櫃，關上了櫃門。那男子口音的宮女說道：「你當眞差了柳燕拿經書？我怎知你說的不是假話？」太后怒道：「你說甚麼？我沒派柳燕去拿經書，那麼要她幹甚麼去？」那宮女道：「我怎知你在搗甚麼鬼？說不定你要除了柳燕這眼中之釘，將她害死了。」太后怒哼一聲，說道：「虧你做師兄的，竟說出這等沒腦子的話來。柳燕是我師妹，我有這樣大的膽子？」那宮女冷冷的道：「你素來膽大，心狠手辣，甚麼事做不出來？」

兩人話聲甚低，但靜夜中還是聽得淸淸楚楚。韋小寶聽太后叫那宮女爲「師兄」，而柳燕卻又是她「師妹」，越聽越奇。她二人說話之間，已走進內室，燭光下見房中箱子劃破，雜物散了一地，同時「啊」的一聲，驚叫出來。

太后叫道：「有人來盜經書！」奔到床邊，翻起被褥，拉開木板，見經書已然不在，叫了聲：「啊喲！」跟著便見到柳燕的那一對斷腳，驚道：「那是甚麼？」那宮女伸手拿起，說道：「是女人的腳。」太后驚道：「這是柳燕，她……她給人害死了。」

那宮女冷笑道：「我的話沒錯罷？」太后又驚又怒，道：「甚麼話沒錯？」那宮女道：「這藏書的秘密所在，天下只你自己一人知道。柳師妹若不是你害死的，她的斷腳怎會放在這裏？」

太后怒道：「這會兒還在這裏說瞎話？盜經之人該當離去不遠，咱們快追。」那宮女道：「不錯，說不定這人還在慈寧宮中。你……你可不是自己搞鬼罷？」太后不答，轉過身來，望著衣櫃，一步步走過去，似乎對這櫃子已然起疑。

韋小寶一顆心幾乎要從胸腔中跳了出來，燭光晃動，映得劍光一閃一閃，在地下掠過，料知太后左手拉開櫃門，右手便挺劍刺進櫃去，櫃中那宮女勢必無可躲閃。眼見太后又跨了一步，離衣櫃已不過兩尺，突然間喀喇喇一聲響，那衣櫃直倒下來，壓向太后。太后出其不意，急向後躍，櫃中飛出好幾件花花綠綠的衣衫，纏在她頭上。太后忙伸手去抓，又有一團衣衫擲向她身前，只聽得她一聲慘叫，衣衫中一把血淋淋的短刀提了起來。原來那團衣衫之中竟裹得有人。櫃中宮女倒櫃擲衣，令太后手足無措，一擊成功。

那男嗓宮女起初似乎瞧得呆了，待得聽到太后慘呼，這才發掌向那團衣衫中擊落。韋小寶見那團衣衫迅即滾開，那綠衣宮女從亂衣服中躍出，手提染血短刀，向那男嗓宮女撲去。那男嗓宮女發掌擊出，綠衣宮女斜身閃開，立即又向敵人撲上。

韋小寶身在床底，只見到兩人的四隻腳。男嗓宮女穿的是灰色褲子，黑緞鞋子。穿綠鞋的雙腳疾進疾退，穿黑鞋的雙腳只偶爾跨前一步，退後一步。兩人相鬥甚劇，卻不聞兵刃相交之聲，顯然那男嗓宮女手中沒兵刃。韋小寶斜眼向太后瞧去，只見她躺在地下，毫不動彈，顯已死了。

但聽得掌聲呼呼，鬥了一會，突然眼前一暗，三座燭台中已有一枝蠟燭給掌風撲熄。韋小寶心道：「另外兩枝蠟燭也快快都熄了，我就可乘黑逃走。」

呼的一聲掌風過去，又有一枝蠟燭熄了。兩個宮女只管悶打，誰也不發出半點聲息，似乎都怕驚動了外人。慈寧宮中本來太監宮女甚衆，鬧了這麼好一會，早該有人過來察看，但這些人顯然一向奉了太后嚴令，不得呼召，誰也不敢過來窺探。

只聽得嚓嚓聲響，桌椅碎片四散飛濺，韋小寶暗暗心驚：「這說話好似男人般的宮女武功恁地了得，掌風到處，將桌椅都擊得粉碎。」驀地一聲輕呼，白光閃爍，跟著噗的一聲，似是綠衣宮女兵刃脫手，飛上去釘在屋頂。跟著兩人倒在地下，扭成一團。

這一來韋小寶瞧得甚是清楚，但見兩人施展擒拿手法，在數尺方圓之內進攻防禦，招招兇險之極。他別的武功所知有限，擒拿法卻練過不少時日，曾跟康熙日日拆解，見兩個宮女出招極快，出手狠辣凌厲，挖眼、搗胸、扣頸、鎖喉、打穴、截脈、勾腕、撞肘，沒一招不是攻敵要害。韋小寶暗暗咋舌：「倘若換作了我，早就大叫投降了！」

韋小寶一顆心隨著兩人的手掌跳動，只想：「那枝蠟燭為甚麼還不熄？」他明知二人鬥得正緊，他就算堂而皇之的從床底爬了出來，堂而皇之的走出門去，兩名宮女也只有驚愕的份兒，誰也緩不出手來阻攔，但就是鼓不起勇氣。

驀地裏燭火一暗，一個女子聲音輕哼一聲，燭光又亮，只見那灰衣宮女已壓住了綠衣宮女，右手手肘橫架在她咽喉上。綠衣宮女左手給敵人掠在外門，難以攻敵，右手勾打拿戳，連連出招，都給對方左手化解了。咽喉給人壓住，喘息艱難，右手的招數漸緩，雙足向上亂踢，轉眼便會給敵人扼死。

韋小寶心想：「這灰衣宮女扼死對手之後，定會探頭到床底下來找經書，韋小寶可得變成韋死寶！」此時不容細思，立即從床底竄出，手起劍落，一匕首揷入灰衣宮女的背心，乘勢向上一挑，切了一道長長的口子，隨即躍開。

灰衣宮女縱聲大叫，跳了起來，一撲而前，雙手抓住韋小寶頭頸，用力收緊。韋小寶給她扼得伸出了舌頭，眼前陣陣發黑。綠衣宮女飛身躍起，右掌猛落，斬在灰衣宮女的左頸，跟著左手抓住她頭髮向後力扯，突然手上一鬆，將她滿頭頭髮都拉了下來，露出一個光頭，原來裝的是假髮。就在這時，灰衣宮女雙手鬆開，放脫了韋小寶，頭頸扭了幾扭，倒地縮作一團，背上鮮血泉湧，眼見不活了。

綠衣宮女喘息道：「多謝小公公，救了我性命。」韋小寶點了點頭，驚悸未定，伸右手撫摸自己頭頸，左手指著那灰衣宮女的光頭，道：「她……她……」綠衣宮女道：「這人男扮女裝，混在宮裏。」

忽聽得門口有人叫道：「來人啊，有刺客！」聲音半男半女，是個太監。

綠衣宮女右手攬住韋小寶，破窗而出，左手揮出，噗的一響，跟著「啊」的一聲慘叫，那太監身中暗器，撲地倒了。

綠衣宮女左手攬著韋小寶的腰，將他橫著提起，向北疾奔，過西三所，進了養華門。韋小寶這時比之初進宮時已高大了不少，也重了不少，這綠衣宮女跟他一般高矮，身子纖細，但提了他快步而奔，如提嬰兒，毫不費力。韋小寶讚道：「好本事！」

那宮女提著他從小徑繞過雨花閣、保華殿，來到福建宮側的火場之畔，才將他放下。

這火場已近西鐵門，是焚燒宮中垃圾廢物的所在，晚間極爲僻靜。

綠衣宮女問道：「小公公，你叫甚麼名字？」韋小寶道：「我是小桂子！」那宮女「啊」的一聲，說道：「原來是手擒鰲拜、皇上最得寵的小桂子公公。」

韋小寶微笑道：「不敢！」他在太后寢殿中和這宮女匆匆朝相，當時無暇細看，依稀覺得她已有四十來歲，說道：「姊姊，你又怎麼稱呼？」

那宮女微一遲疑，道：「你我禍福與共，那也不用瞞你。我姓陶，宮中便叫我陶宮娥。你在太后床底下幹甚麼？」

韋小寶隨口胡謅：「我奉皇帝聖旨，來捉太后的姦！」

陶宮娥微微一驚，問道：「皇上知道這宮女是男人？」韋小寶道：「皇上知道一點兒因頭，不過也不太確實。」陶宮娥道：「我……我殺死了太后，這件事轉眼便鬧得天翻地覆，閉了宮門大搜。我可得立即出宮。桂公公，咱們後會有期。」

韋小寶心想：「老婊子到了陰世去做婊子，我在宮裏倒太平無事了，可是閉宮大搜，方沐兩個姑娘卻非糟糕不可，那便如何是好？」靈機一動，說道：「陶姊姊，我倒有個法子，我立即去稟告皇上，說道親眼看見太后是給那假宮女殺死的，假宮女則是太后殺的，他兩人鬥了個同歸於盡。反正太后已經死無對證，你也不用逃出宮去了。」

陶宮娥沉吟片刻，道：「這計策倒也使得，但那個太監，卻又是誰殺的？」韋小寶道：「我說也是那假宮女殺的。」陶宮娥道：「桂公公，這件事可十分危險，皇上雖然喜歡你，多半也要殺了你滅口。」韋小寶打個寒噤，問道：「皇上也要殺我？那爲甚麼？」

陶宮娥道：「他母親跟人有苟且之事，倘若洩漏了半點風聲，你叫皇上置身何地？就算你守口如瓶，皇上每次見到你，總不免心中有愧，遲早非殺了你不可。」韋小寶驚道：「他……他這樣毒辣？」覺得陶宮娥這話畢竟不錯，這些事可千萬不能跟皇帝說。

便在此時，南方傳來幾聲鑼響，跟著四面八方都響起了鑼聲，那是宮中失火或是有警的緊急訊號，全宮侍衛、太監立即出動。

陶宮娥道：「咱們逃不出去了。你假裝去幫著搜捕刺客，我自己回屋去睡覺。」伸出左臂，抱住他腰，又帶著他疾奔，向西奔到英華殿之側，將他放下，輕聲道：「小心！」一轉身，便隱在牆角之後。

韋小寶記掛著方怡和沐劍屏，忙奔向她二人藏身之所。耳聽得鑼聲越響越急，跟著人聲喧嘩，他沒命價奔進那間屋子，叫道：「是我！」

方沐二女早已嚇得臉無血色。沐劍屏道：「幹麼打鑼？是來捉拿我們嗎？」韋小寶道：「不是。老婊子死了！括括叫，別別跳。還是回我屋裏比較穩當。」沐劍屏道：「回你屋裏？我們……我們殺了人……」韋小寶道：「不用怕，他們不知道的，快走！」俯身扶起方怡，左手提了包袱，向外衝出。

三人跌跌撞撞的奔了一會，只見斜刺裏幾名侍衛奔來。為首侍衛高舉火把，喝問：「甚麼人？」韋小寶叫道：「是我，你們趕快去保護皇上。是走了水嗎？」那人認得韋小寶，忙將火把交給旁人，雙手垂下，恭恭敬敬的道：「桂公公，聽說慈寧宮出了事。」韋小寶道：「好，你們先去，我隨後便來。」那侍衛躬身道：「是！」帶領衆人而去。

沐劍屏道：「他們似乎很怕你呢，剛才我還道要糟。」說著連拍胸口。

韋小寶想說句笑話，吹幾句牛，但掛念著太后被殺之事鬧了出來，不知將有何等後果，心慌意亂之下，甚麼笑話也說不出口。路上又遇到了一批侍衛，這才回到自己住處，好在方怡和沐劍屏早已換成太監裝束，衆侍衛羣相慌亂，誰也沒加留意。

韋小寶道：「你們便躭在這裏，千萬別換裝束。」將包袱放入衣箱，出屋後，將門上了鎖，快步奔向乾清宮康熙的寢殿。

韋小寶在小茶館中與方沐二女話別，三人都感戀戀不捨，忽聽得徐天川大聲喝道：「好朋友，到這時候還不露相嗎？」伸手向右首一名車夫的肩頭拍了下去。

第十五回　關心風雨經聯榻　輕命江山博壯遊

康熙聽到鑼聲，披衣起身，一名侍衛來報慈寧宮中出了事，是甚麼事卻說不淸楚。他正自著急，見韋小寶進來，忙問：「太后安好？出了甚麼事？」

韋小寶道：「太后叫奴才今晚先回自己屋去睡，明天再搬進慈寧宮去，沒……沒想到宮裏出了事。不知甚麼，奴才這就去瞧瞧。」康熙道：「我去給太后請安，你跟著來。」韋小寶道：「是。」康熙對母后甚有孝心，不及穿戴，披了件長袍便搶出門去，快步而行，一面問道：「太后要你服侍，你怎麼又到了我這裏？」韋小寶道：「奴才聽得鑼聲，躭心又來了刺客，一心只掛念著皇上，忙不迭奔來，眞……眞是該死。」

康熙一出寢宮，左右太監、侍衛便跟了一大批，十幾盞燈籠在身周照著。他見韋小寶衣衫頭髮極是紊亂，那知道他是在太后床底鑽進鑽出，還道他忠心護主，一心一意的只掛念著皇帝，連太后也都忘了，來不及穿好衣服，就趕來保護，頗感喜慰。

行出數丈，兩名侍衛奔過來稟告：「刺客擅闖慈寧宮，害死了一名太監、一名宮女。」康熙忙問：「可驚動了太后聖駕？」那侍衛道：「多總管已率人將慈寧宮團團圍住，嚴密保護太后。」康熙略感放心。

韋小寶心道：「他便是帶領十萬兵馬來保護慈寧宮，這會兒也已遲了。」從乾清宮到慈寧宮相距不遠，繞過養心殿和太極殿便到。只見燈籠火把照耀如同白晝，數百名侍衛一排排的站著，別說刺客，只怕連一隻老鼠也鑽不過去。衆侍衛見到皇帝，一齊跪下。康熙擺了擺手，快步進宮。

韋小寶掀起門帷。康熙走進門去，只見寢殿中箱籠雜物亂成一團，血流滿地，橫臥著兩具屍首，只嚇得心中突突亂跳，叫道：「太后，太后！」

床上一人低聲道：「是皇帝麼？不用躭心，我沒事。」正是太后的聲音。

韋小寶這一驚非同小可，心想：「原來老婊子沒死。我做事當眞胡塗，先前幹麼不在她身上補上一劍？她沒死，我可得死了。」回過頭來，便想發足奔逃，卻見門外密密麻麻的站滿了侍衛，逃不了三步便會給人抓住，只嚇得雙足發軟，頭腦暈眩，便欲摔倒。

康熙走到床前，說道：「太后，您老人家受驚了。孩兒保護不周，罪孽深重，那些飯桶侍衛，一個個得好好懲辦才是。」太后喘了口氣，道：「沒……沒甚麼。是一個太監和宮女爭鬧……互相毆鬥而死，不干侍衛們的事。」康熙道：「太后身子安好？沒驚動到您老人家？」太后道：「沒有！只是我瞧著這些奴才生氣。皇帝，你去罷，叫大家散去。」

康熙道：「快傳太醫來給太后把脈。」韋小寶縮在他身後，不敢答應，只怕給太后瞧見了，又怕一開口就給認了出來。太后道：「不，不用傳太醫，我睡一覺就好。這兩人……這兩個奴才的屍首……不用移動。我心裏煩得很，怕吵，皇帝，你……你叫大家快走。」她說話聲音微弱，上氣不接下氣，顯是受傷著實不輕。

康熙很躭心，卻又不敢違命，本想徹查這太監和宮女如何毆鬥，惹得太后如此生氣，兩人雖已身死，卻都犯了如此大罪，還得追究他們家屬，可是聽太后的話，顯然不願張揚，連屍首也不許移動，只得向太后請了安，退出慈寧宮。

韋小寶死裏逃生，雙腳兀自發軟，手扶牆壁而行。

康熙低頭沉思，覺得慈寧宮中今晚之事大是突兀，中間必有隱秘，但太后的意思，明明擺著叫自己不可理會。他沉思低頭，走了好長一段，這才抬起頭來，見韋小寶跟在身後，問道：「太后要你服侍，怎地你又跟著來了？」

韋小寶心想反正天一亮便要出宮逃走，大可信口開河，說道：「先前太后說道心裏煩得很，一見到太監便生氣。奴才見太后聖體不大安適，還是別去惹太后煩惱的爲妙。」

康熙點了點頭，回到乾清宮寢殿，待服侍他的衆監都退了出去，說道：「小桂子，你留著！」韋小寶應了。

康熙從東到西、又從西到東的踱來踱去，踱了一會，問道：「你看那太監和那宮女，爲甚麼鬥毆而死？」韋小寶道：「這個我可猜不出。宮裏很多宮女太監脾氣都很壞，動不動就吵嘴，有時還暗中打架，只是不敢讓太后和皇上知道罷了。」康熙點頭道：「你去吩咐大家，這事不用再提，免得再惹太后生氣。」韋小寶道：「是！」康熙道：「你去罷！」

韋小寶請了安，轉身出去，心想：「我這一去，永遠見你不著了。」回頭又瞧了一眼，心中戀戀不捨。康熙也正瞧著他，臉上露出笑容，也有依戀之意，道：「你過來。」韋小寶轉過身來。康熙揭開床頭的一隻金盒，拿出兩塊點心，笑道：「累了半天，肚裏可餓了罷！」將點心遞給他。

韋小寶雙手接過，想起太后爲人兇險毒辣，寢宮裏暗藏男人，終有一天會加害皇上。他一切蒙在鼓裏，甚麼都不知道。皇帝對待自己，眞就如是朋友兄弟一般，若不把這事跟他說知，他給太后害死，自己可太也沒義氣。想到此處，眼前似乎出現了康熙全身筋骨俱斷、屍横就地的慘狀，心中一酸，忍不住淚水奪眶而出。

康熙微笑道：「怎麼啦？」伸手拍拍他肩頭，道：「你願意跟我，是不是？那也容易，過幾天等太后大好了，我再跟太后說去。老實說，我也捨不得你。」

韋小寶心情激動，尋思：「陶宮娥說，我如吐露眞情，皇帝不免要殺我滅口。英雄好漢甚麼都能做，就是不能不講義氣，大丈夫死就死好了。」將兩塊點心往桌上一放，握住了康熙的手，顫聲道：「小玄子，我再叫你一次小玄子，行嗎？」

康熙笑道：「當然可以。我早就說過了，沒人之處，咱們就跟從前一樣。你又想跟我比武，是不是？來來來，放馬過來。」說著雙手一翻，反握住了他雙手。

韋小寶道：「不忙比武。有一件機密大事，要跟我好朋友小玄子說，可是決不能跟我主子萬歲爺說。皇上聽了之後，就要砍我腦袋。小玄子當我是朋友，或者不要緊。」

康熙不知事關重大，少年心情，只覺十分有趣，忙拉了他並肩坐在床沿上，說道：「快說，快說！」韋小寶道：「現下你是小玄子，不是皇帝？」康熙微笑道：「對，我現下是你的好朋友小玄子，不是皇帝。一天到晚做皇帝，沒個知心朋友，也沒甚麼味道。」韋小寶道：「好，我說給你聽。你眞要砍我腦袋，也沒法子。」康熙微笑道：「我幹麼要殺你？好朋友怎能殺好朋友？」

韋小寶長長吸了口氣，說道：「我不是眞的小桂子，我不是太監，眞的小桂子已給我殺了。」康熙大吃一驚，問道：「甚麼？」

韋小寶便將自己出身來歷簡略說了，接著說到如何遭擄入宮、如何毒瞎海大富雙眼、如何冒充小桂子、海大富如何教武等情，一一照實陳說。

康熙聽到這裏，笑道：「他媽的，你先解開褲子給我瞧瞧。」

韋小寶知皇帝精明，這等大事豈可不親眼驗明，當即褪下了褲子。

康熙見他果然並非淨了身的太監，哈哈大笑，說道：「原來你不是太監。殺了個小太監小桂子，也沒甚麼大不了。只不過你不能再在宮裏住了。要不然，我就派你做御前侍衛的總管。多隆這廝武功雖然不錯，辦事可胡塗得很。」

韋小寶繫上褲子，說道：「這可多謝你啦，不過只怕不成。我聽到了跟太后有關的幾件大秘密。」康熙道：「跟太后有關？那是甚麼？」問到這兩句話時，心中已隱隱覺得有些不對。

韋小寶咬了咬牙，便述說那晚在慈寧宮所聽到太后和海大富的對答。

康熙聽到父皇順治竟然並未崩駕，卻是在五台山清涼寺出家，這一驚固然非同小可，這一喜尤其是如顛如狂。他全身發抖，握住了韋小寶雙手，顫聲道：「這……這當眞不假？我父皇……父皇還在人世？」韋小寶道：「我聽到太后和海大富二人確是這麼說的。」

康熙站起身來，大聲叫道：「那……那好極了！好極了！小桂子，天一亮，咱們立即便往五台山去朝見父皇，請他老人家回宮。」

康熙君臨天下，事事隨心所欲，生平唯一大憾便是父母早亡。有時午夜夢迴，想到父母之時，忍不住流淚哭泣。此刻聽得韋小寶這麼說，雖仍不免將信將疑，卻已然喜心翻倒。

韋小寶道：「就怕太后不願意。她一直瞞著你，這中間是有重大緣故的。」康熙道：「不錯，那是甚麼緣故？」他一聽到父親未死，喜悅之情充塞胸臆，但稍一凝思，無數疑竇立即湧現。韋小寶道：「宮中大事，我甚麼都不明白，只能將太后和海大富的對答，全數說給你聽。」康熙道：「是，是！快說，快說！」

聽韋小寶說到端敬皇后和孝康皇后如何爲人所害，康熙跳起身來，叫道：「你……你說孝康皇后，是……是給人害死的？」韋小寶見他神色大變，雙眼睜得大大的，臉上肌肉不住牽動，不禁害怕，顫聲道：「我……我不知道。只聽到海大富跟太后是這麼說的。」康熙道：「他們怎地說？你……你再說一遍。」

韋小寶記性甚好，重述那晚太后與海大富的對答，連二人的聲調語氣也都學得極像。康熙呆了半晌，道：「我親娘……我親娘竟是給人害死的？」韋小寶道：「孝康皇后就是……是……是你的母親？」康熙點了點頭，道：「你說下去，一句也不可遺漏。」心中一酸，淚水涔涔而下。

韋小寶接著述說兇手以「化骨綿掌」先害死端敬皇后的兒子榮親王，再害死端敬皇后，順治出家後，太后又害死貞妃和孝康皇后，殮葬孝康皇后和貞妃的仵作如何奉海大富之命，赴五台山稟告順治，順治如何派遣海大富回宮徹查，直說到太后和海大富對掌。海大富眼睛瞎了之後，敵不過太后，以致對掌身亡。

康熙定了定神，詳細盤問當晚情景，追查他所聽到的說話，反覆細問，料定韋小寶決無可能揑造此事，抬起頭想了一會，問道：「你爲甚麼直到今天才跟我說？」

韋小寶道：「這件事關涉太大，我那敢亂說？可是明天我要逃出宮去，再也不回來了，想到你孤身在宮中極是危險，可不能再瞞。」康熙道：「你爲甚麼要出宮？怕太后害你？」韋小寶道：「我跟你說，今晚死在慈寧宮裏的那個宮女，是個男人，是太后的師兄。」

太后宮中的宮女竟然是個男人，此事自然匪夷所思，但康熙這晚既聽到自己已死的父皇竟然未死，而母親又是爲一向端莊慈愛的太后所暗殺，再聽到一個宮女是男人假扮，已絲毫不以爲奇，何況眼前這個小太監也就是假扮的，是個眞正的男人，問道：「你又怎麼知道？」

韋小寶道：「那晚我聽到了太后跟海大富的說話後，太后一直要殺我滅口。」當下將太后如何派遣瑞棟、柳燕，以及衆太監先後來加害自己等情一一說了，又說到在慈寧宮中聽到一個男子和太后對答，兩人爭鬧起來，那男子假扮的宮女爲太后所殺，太后卻也受了傷。他這番說話當然不盡不實，既不提陶宮娥，也不說自己殺了瑞棟和柳燕，偷了幾部《四十二章經》等情。

康熙沉吟道：「這人是太后的師兄？聽他口氣，似乎太后尙受另一人的挾制，那會是甚麼人？難道……難道這人知道太后寢殿中有個假宮女，因此……」韋小寶聽他言語涉及太后的「姦情」，不敢接口，只搖了搖頭，過了一會，才道：「我也想不出。」

康熙道：「傳多隆來。」韋小寶答應了，心想：「皇帝要跟太后翻臉，叫多隆捉拿老婊子來殺頭？我到底是快快逃走好呢？還是留著再幫他？」

多隆正自憂心如焚，宮裏接連出事，自己脖子上的腦袋就算不搬家，腦袋之上的帽子、帽子之上的頂子，總是大大的不穩，聽得皇帝傳呼，忙趕進乾淸宮來。康熙吩咐道：「慈寧宮沒甚麼事，你立即撤去慈寧宮外所有侍衛。太后說聽到侍衛站在屋外，心裏就煩得很。」多隆見皇上臉色雖然頗爲古怪，卻沒半句責備的言語，心中大喜，忙磕了頭出去傳令。

康熙又將心中諸般疑團，細細詢問韋小寶，過了良久，料知衆侍衛已撤，說道：「小桂子，我和你夜探慈寧宮。」

韋小寶道：「你親自去探？」康熙道：「正是！」一來事關重大，不能單是聽了一個假冒小太監的一面之辭，便對撫育自己長大的母后心存懷疑；二來「犯險夜探」，那是學武之人非做不可之事，有此機會，如何可以輕易放過？自己是皇帝，不能出宮一試身手，在宮裏做一下「夜行人」，卻也聊勝於無。只不過先下旨盡數撤走慈寧宮守衛，自己再去「夜探」，未免不合「武林好手」的身分而已。

韋小寶道：「太后已將她師兄殺了，這會兒正在安睡養傷，只怕探不到甚麼。」康熙道：「沒探過，怎知探不到甚麼？」當即換上便裝，腳下穿了薄底快靴，便是當日跟韋小寶比武的那一身裝束，從床頭取過一柄腰刀，懸在腰間，從乾清宮側門走了出去。

衆侍衛、太監正在乾清宮外層層守衛，一見忙跪下行禮。康熙喝令：「大家站住，誰也不許亂動。」這是皇帝聖旨，誰敢有違？二百餘名侍衛和太監就此直挺挺的站住，毫不動彈。

康熙帶著韋小寶，來到慈寧宮花園，見靜悄悄的已無一人。

他掩到太后寢殿窗下，俯耳傾聽，只聽得太后不住咳嗽，霎時間心中思湧如潮，又悲苦，又煩躁，聽得太后的咳嗽聲音，既想衝進去摟著她痛哭一場，又想叉住她脖子厲聲質問，到底父皇和自己親生母后是怎樣了？他一時盼望小桂子所說的全是假話，又盼望他所說的絲毫不假。他不住發抖，寒毛直豎，涼意直透骨髓。

太后房中燭火未熄，忽明忽暗映著窗紙。過了一會，聽得一個宮女的聲音道：「太后，縫好了。」太后「嗯」了一聲，說道：「把這宮女……宮女的死屍，裝……裝在被袋裏。」那宮女道：「是。那太監的死屍呢？」太后怒道：「我只叫你裝那宮女，你……你又管甚麼太監？」那宮女忙道：「是！」接著便聽到有物件在地下拖動之聲。

康熙忍耐不住，想探頭去窗縫中張望，可是太后寢殿窗房的所有縫隙均以油灰塞滿，連一條細縫也沒有。他往日曾聽韋小寶說過江湖上夜行人的行事訣竅和禁忌，那都是轉述茅十八從揚州來到北京之時一路上所說的。此時窗戶無縫，正中下懷，當下伸手沾了唾液，輕輕濕了窗紙，指上微微用力，窗上便破了個小孔，卻無半點聲息。

他就眼張去，見太后床上錦帳低垂，一名年輕宮女正在將地下一具屍首往一隻大布袋中塞去，屍首穿的是宮女裝束，可是頭頂光禿禿地一根頭髮也無。那宮女將屍首塞入袋中，拾起地下的一團假髮，微一遲疑，也塞進了布袋，低聲道：「太后，裝……裝好啦！」

太后道：「外邊侍衛都撤完了？我好像聽到還有人聲。」那宮女走到門邊，向外一張，說道：「沒人了。」太后道：「你把口袋拖到荷花塘邊，在袋裏放四塊大石頭，用……用繩子……咳……咳……將袋口紮住了，然後……然後……咳咳……把袋子推落塘裏。」那宮女道：「是。」聲音發抖，顯得很害怕。太后道：「袋子推下池塘之後，多扒些泥土拋在上面，別讓人瞧見。」那宮女又應道：「是。」拖著袋子，出房走向花園。

康熙心想：「小桂子說這宮女是個男人，多半不假。這中間若不是有天大隱情，太后何必要沉屍入塘，滅去痕跡？」見韋小寶便站在身邊，不自禁的伸出手去，握住了他手。兩人均覺對方手掌又濕又冷。

過了一會，聽得撲通一聲，那裝屍首的布袋掉入了荷塘，跟著是扒土和投擲泥土入塘的聲音，又過一會，那宮女回進寢殿。韋小寶早就認得她聲音，便是那小宮女蕊初。

太后問道：「都辦好了？」蕊初道：「是，都辦好了。」太后道：「這裏本來有兩具屍首，怎麼另一具不見了？明天有人問起，你怎麼說？」蕊初道：「奴才……奴才甚麼也不知道。」太后道：「你在這裏服侍我，怎會甚麼也不知道？」蕊初道：「是，是！」太后怒道：「甚麼『是，是』？」

蕊初顫聲道：「奴才見到那死了的宮女站起身來，原來她只是受傷，並沒有死。她慢慢的……慢慢的走出去。那時候……那時候太后正在安睡，奴才不敢驚動太后，見那宮女走出了慈寧宮，不知……不知到那裏去啦。」太后嘆了口氣，說道：「原來這樣，阿彌陀佛，她沒死，自己走了，那倒好得很。」蕊初道：「正是，謝天謝地，原來她沒死。」

康熙和韋小寶又待了一會，聽太后沒再說話，似已入睡，於是悄悄一步步的離開，回到乾清宮。只見一衆侍衛太監仍直挺挺的站著不動。康熙笑道：「大家隨便走動罷！」他雖笑著說話，笑聲和話聲卻甚爲乾澀。

回入寢宮，他凝視韋小寶，良久不語，突然怔怔的掉下淚來，說道：「原來太后……太后……」韋小寶也不知說甚麼話好。

康熙想了一會，雙手一拍，兩名侍衛走到寢殿門口。康熙低聲道：「有一件機密事情，差你二人去辦，可不能洩漏出去。慈寧宮花園的荷塘底下，有一隻大口袋，你二人去抬了來。太后正在安睡，你二人倘若發出半點響聲，吵醒了太后，那就自己割了腦袋罷。」兩人躬身答應而去。康熙坐在床上，默不作聲，反覆思量。

隔了好半晌，終於兩名侍衛抬了一隻濕淋淋的大布袋，輕輕來到寢殿門外。

康熙道：「可驚醒了太后沒有？」兩名侍衛齊道：「奴才們不敢。」康熙點了點頭，道：「拿進來！」兩名侍衛答應了，將布袋拿進屋來。康熙道：「出去罷！」

韋小寶待兩名侍衛退出寢殿，帶上了門，上了閂，便解開布袋上的繩索，將屍首拖了出來。見屍首臉上鬍子雖剃得極光，鬚根隱約可見，喉頭有結，胸口平坦，自是個男子無疑。這人身上肌肉虬結，手指節骨凸起，純是一副久練武功的模樣。看來此人假扮宮女、潛伏宮中只是最近之事，否則以他這副形相，連做男人也是太醜，如何能假扮宮女而不給發覺？

康熙拔出腰刀，割破此人的褲子，看了一眼之後，惱怒之極，連揮數刀，將他腰胯之間斬得稀爛。

韋小寶道：「太后……」康熙怒道：「甚麼太后？這賤人逼走我父皇，害死我親娘，穢亂宮廷，多行不義。我……我要將她碎屍萬段，滿門抄斬。」韋小寶吁了口長氣，登時放心：「皇上不再認她是太后，這老婊子不論做甚麼壞事，給我知道了，他也不會殺我滅口。」

康熙提刀又在屍首上剁了一陣，一時氣憤難禁，便欲傳呼侍衛，將太后看押起來審問，轉念一想：「父皇未死，卻在五台山出家，這是何等大事？若有洩漏，天下軍民羣相聳動，我可萬萬鹵莽不得。」說道：「小桂子，明兒一早，我便跟你去五台山查明眞相。」

韋小寶應道：「是！」心中大喜，得和皇帝同行，到五台山去走一遭，比之悶在北京城裏自是好玩得多了。

但康熙可遠比韋小寶見識明白，思慮周詳，隨即想到皇帝出巡十分隆重，至少也得籌備布置好幾個月，沿途百官預備接駕保護，大費周章，決不能說走便走；又想自己年幼，親政未久，朝中王公大臣未附，倘若太后乘著自己出京的機會奪政篡權，廢了自己，另立新君，卻是可慮；又如父皇其實已死，或者雖尙在人世，卻不在五台山上，自己大張旗鼓的上山朝見，如未能見到，不但爲天下所笑，抑且貽譏後世。

他想了一會，搖頭道：「不行，我不能隨便出京。小桂子，你給我走一遭罷。」韋小寶頗感失望，道：「我一個人去？」康熙道：「你一個人去，待得探查明白，父皇確是在五台山上，我在京裏又布置好了對付那老賤人的法子，咱二人再一同上山，以策萬全。」

韋小寶心想皇帝既決定對付太后，自己去五台山探訪，自是義不容辭，說道：「好，我就去五台山。」

康熙道：「我大清的規矩，太監不能出京，除非是隨我同去。好在你本來不是太監。小桂子，你以後不做太監了，還是做侍衞罷。不過宮裏朝裏的人都已認得你，忽然不做太監，大家會十分奇怪。嗯，我可對人宣稱，為了擒拿鰲拜，你奉我之命，假扮太監，現下元兇已除，自然不能老是假扮下去。小桂子，將來你讀點書，我封你做個大官兒。」

韋小寶道：「好啊！只不過我一見書本子就頭痛。我少讀點書，你封我的官兒，也就小些兒好了。」

康熙坐在桌前，提起筆來，給父皇寫信，稟明自己不孝，直至此刻方知父皇尚在人世，心中歡喜逾恆，即日便上山來，恭迎聖駕回宮，重理萬民，而兒子亦得重接親顏。寫得幾行字，忽想：「這封信要是落入了旁人手中，那可大大不妥。小桂子倘若給人擒獲或者殺死，這信就給人搜去了。」

他拿起了那頁寫了半張的信紙，在燭火上燒了，又提筆寫道：

「敕令御前侍衛副總管欽賜穿黃馬褂韋小寶前赴五台山一帶公幹，各省文武官員受命調遣，欽此。」

寫畢，蓋了御寶，交給韋小寶，笑道：「我封了你一個官兒，你瞧瞧是甚麼。」

韋小寶睜大了眼，只識得自己的名字，和「五、一、文」三個字，一共六個字，而「韋」字和「寶」字也是跟「小」字上下相湊才識得的，要是分開，就認不準了，搖頭道：「不識得是甚麼官。是皇上親封的，總不會是小官罷？」

康熙笑著將那道敕令讀了一遍。韋小寶伸了伸舌頭，道：「是御前侍衛副總管，厲害，厲害，還賞穿黃馬褂呢。」康熙微笑道：「多隆雖是總管，可沒黃馬褂穿。你這事如能辦得妥當，回宮後再升你的官。只不過你年紀太小，官兒太大了不像樣，咱們慢慢的來。」韋小寶道：「官大官小，我也不在乎，只要常常能跟你見面，那就很好了。」

康熙又喜又悲，說道：「你此去一切小心，行事務須機密。這道敕令，如不是萬不得已，不可取出來讓人見到。這就去罷！」

他差出韋小寶後，傳進多隆，將韋小寶這任命告知了他。多隆暗暗稱奇，嘴裏只得稱讚韋小寶能幹，大讚皇上英明，知人善任。

韋小寶回到屋裏，輕輕開門進去。方怡並沒睡著，喜道：「你回來了。」韋小寶道：「萬事大吉，咱們這就出宮去罷。」沐劍屏迷迷糊糊的醒轉，道：「師姊很躭心，怕你遇到危險。」韋小寶笑問：「你呢？」沐劍屏道：「我自然也躭心。你沒事罷？」

韋小寶道：「沒事，沒事。」

這時東方已現出魚肚白，只聽得鐘聲響動，宮門開啓，文武百官便將陸續進宮候朝。韋小寶點燃桌上蠟燭，察看二人裝束並無破綻，笑道：「你二人生得太美，在臉上擦些泥沙灰塵罷。」沐劍屏有些不願意，但見方怡伸手在地下抹了塵土往臉上搽去，也就依樣而爲。韋小寶將從太后床中夾層盜來的三部經書也包入包袱，摸出那枝銀釵遞給方怡，說道：「是這根釵兒罷？」

方怡臉上一紅，慢慢伸手接過，說道：「你干冒大險，原來……原來是去爲我取這根釵兒。」心中一酸，眼眶兒紅了，將頭轉了過去。

韋小寶笑道：「也沒甚麼危險。」心想：「這叫做好心有好報，不去取這根釵兒，撈不到一件黃馬褂穿。」

他帶領二人，從紫禁城後門神武門出宮。其時天色尚未大亮，守門的侍衛見是桂公公帶同兩名小太監出宮，除了巴結討好，誰來多問一句？

方怡出得宮來，走出十餘丈後，回頭向宮門望了一眼，百感交集，眞似隔世爲人。

韋小寶在街邊僱了三頂小轎，吩咐抬往西長安街，下轎另僱小轎，到天地會落腳處銀杏胡同外下轎，說道：「你們沐王府的朋友，昨天都出城去了。我得跟朋友商議商議，且看送你們去那裏。」他做了欽賜穿黃馬褂的御前侍衛副總管，自覺已成大人，加之有欽命在身，去查一件天大的大事，突然收起了油腔滑調，再者師父相距不遠，可也不敢放肆。

方怡問道：「你……你今後要去那裏？」韋小寶道：「我不敢再在北京城多躭，走得越遠越好，要等到太后死了，事平之後，才敢回來。」方怡道：「我們在河北石家莊有個好朋友，你……你如不嫌棄，便同……同去暫避一時可好？」沐劍屏道：「好啊，你是我們的救命恩人，大家是自己人。三個人一起趕路也熱鬧些。」兩人凝望著他，均有企盼之意，沐劍屏顯得天真熱切，方怡則微含羞澀。

韋小寶若非身負要務，和這兩個俏佳人結伴同行，長途遨遊，原是快活逍遙之極，此刻卻不得不設法推托，說道：「我還答允了朋友去辦一件要緊事，這時候不能就去石家莊。你們身上有傷，兩個姑娘兒家趕路不便，我得拜託一兩個靠得住的朋友，護送你們前去。咱們且歇一歇，吃飽了慢慢商量。」

當下來到天地會的住處。守在胡同外的弟兄見到是他，忙引了進去。高彥超迎了出來，見他帶著兩名小太監，甚是詫異。韋小寶在他耳邊低聲道：「是沐家小公爺的妹子，還有一個是她師姊，我從宮裏救出來的。」

高彥超請二女在廳上就坐，奉上茶來，將韋小寶拉在一邊，說道：「總舵主昨晚出京去了。」韋小寶大喜，他一來實在怕師父查問武功進境，二來又不知是否該將康熙所命告知，聽說已然離京，心頭登時如放下一塊大石，臉上卻裝作失望之極，頓足道：「這……這……這……唉，師父怎地這麼快就走了？」

高彥超道：「總舵主吩咐屬下轉告韋香主，說他老人家突然接到臺灣來的急報，非趕回去處理不可。總舵主要韋香主一切小心，相機行事，宮中如不便再住，可離京暫避，又說要韋香主勤練武功。韋香主身上的傷毒不知已全清了沒有？如身子不妥，務須急報總舵主知道。」

韋小寶道：「是。師父惦記我的傷勢武功，好教人心中感激。」他這句話倒是不假，聽得師父在匆忙之際仍記掛著自己身子，確是感念，又問：「臺灣出了甚麼事？」

高彥超道：「聽說是鄭氏母子不和，殺了大臣，好像生了內變。總舵主威望極重，有甚麼變亂，他老人家一到必能平息，韋香主不必憂慮。李大哥、關夫子、樊大哥、風大哥、玄貞道長他們都跟著總舵主去了。徐三哥和屬下留在京裏，聽由韋香主差遣。」

韋小寶點點頭，說道：「你叫人去請徐三哥來。」心想「八臂猿猴」徐天川武功既高，人又機警，且是個老翁，護送二女去石家莊最好不過。又想：「臺灣也是母子不和，殺人生事，倒跟北京的太后、皇帝一樣。」

他回到廳上，和方沐二人同吃麵點。沐劍屏吃得小半碗麵，便忍不住問道：「你當眞不能和我們同去石家莊嗎？」韋小寶向方怡瞧去，見她停箸不食，凝眸相睇，目光中殊有殷切之意，不由得胸口一熱，便想要二女跟著自己去五台山，但隨即心想：「我去辦的是何等大事？帶著這兩個受傷的姑娘上道，礙手礙腳，受人注目，那是萬萬不可。」嘆了口氣，道：「我事了之後，便到石家莊來探望。你們的朋友住在那裏？叫甚麼名字？」

方怡慢慢低下頭去，用筷子夾了一根麵條，卻不放入口裏，低聲道：「那位朋友在石家莊西市開一家騾馬行，他叫『快馬』宋三。」

韋小寶道：「『快馬』宋三，是了，我一定來探望你們。」臉上現出頑皮神色，輕聲道：「我又怎能不來？怎捨得這一對羞花閉月的大老婆、小老婆？」

沐劍屏笑道：「乖不了半天，又來貧嘴貧舌了。」方怡正色道：「你如眞當我們是好朋友，我們……我們天天盼望你來。要是心存輕薄，不尊重人，那……那也不用來了。」韋小寶碰了個釘子，微覺無趣，道：「好啦，你不愛說笑，以後我不說就是。」方怡有些歉然，柔聲道：「就是說笑，也有個分寸，也得瞧時候、瞧地方。你……你生氣了嗎？」

韋小寶又高興起來，忙道：「沒有，沒有。只要你不生氣就好。」方怡笑了笑，輕輕的道：「對你啊，誰也不會眞的生氣。」

方怡這麼嫣然一笑，縱然臉上塵土未除，卻也是俏麗難掩，韋小寶登時覺得身上一陣溫暖。他一口一口喝著麵湯，一時想不出話來說。

忽聽得天井中腳步聲響，一個老頭兒走了進來，卻是徐天川到了。他走到韋小寶身前，躬身行禮，滿臉堆歡，恭恭敬敬的說道：「您老好。」他爲人謹細，見有外人在座，便不稱呼「韋香主」。

韋小寶抱拳還禮，笑道：「徐三哥，我給你引見兩位朋友。這兩位都是『鐵背蒼龍』柳老爺子的高足，這一位方姑娘，這一位沐姑娘，是沐王府的小郡主。」向方沐二女道：「這位徐三哥，跟柳老爺子、你家小公爺都相識。」他生怕方沐二女懷恨記仇，加上一句：「本來有一點兒小小過節，現下這樑子都已揭開了。」待三人見過禮後，說道：「徐三哥，我想拜託你一件事。」

徐天川聽得這兩個女扮男裝的小太監竟是沐王府的重要人物，心想沐劍聲等都已知道韋小寶來歷，這兩位姑娘自然也早得悉，便道：「韋香主有所差遣，屬下自當奉命。」方怡和沐劍屏其實不知韋小寶的身分，聽徐天川叫他「韋香主」，都大爲奇怪。

韋小寶微微一笑，說道：「兩位姑娘跟吳立身吳老爺子、劉一舟劉大哥他們一般，都失陷在皇宮之中，此刻方才出來。沐家小公爺、劉一舟師兄他們都已離京了罷？」

徐天川道：「沐王府衆位英雄昨天都已平安離京。沐小公爺還託我打探小郡主的下落，我請他放心，包在天地會身上，必定找到小郡主。」說著臉露微笑。

沐劍屏道：「劉師哥跟我哥哥在一起？」她這話是代方怡問的。徐天川道：「在下送他們分批出城，劉師兄是跟柳老爺子在一起，向南去的。」方怡臉上一紅，低下頭來。

韋小寶心想：「你聽得心上人平安脫險，定然是心花怒放。」殊不知這一次卻猜錯了。方怡心中想的是：「我答允過他，他如救了劉師哥性命，我便得嫁他爲妻，終身不渝。但他是個太監，又怎生嫁得？他小小年紀，花樣百出，卻又是甚麼『韋香主』了？」

韋小寶道：「這兩位姑娘力抗清宮侍衛，身上受了傷，現下要到石家莊一位朋友家去養傷。我想請徐三哥護送前去。」徐天川歡然道：「理當效勞。韋香主派了一件好差使給我。屬下對不起沐王府的朋友，反蒙沐小公爺相救，心中旣感且愧。得能陪伴兩位姑娘平安到達，也可稍稍補報於萬一。」

沐劍屏向徐天川瞧了一眼，見他身形瘦小，弓腰曲背，是個隨時隨刻便能一命嗚呼的糟老頭子，說甚麼護送自己和師姊，只怕一路之上還要照料他呢，何況韋小寶不去，早已好生失望，不悅之意忍不住便在臉上流露了出來。

方怡卻道：「煩勞徐老爺子大駕，可眞不敢當，只須勞駕給僱一輛大車，我們自己上路好了。我們的傷也沒甚麼大不了，實在不用費神。」

徐天川笑道：「方姑娘不用客氣。韋香主旣有命令，我說甚麼要奉陪到底。兩位姑娘武藝高強，原不用老頭兒在旁惹厭，『護送』兩字，老頭兒其實沒這個本領。但跑腿打雜，侍候兩位姑娘住店、打尖、僱車、買物，那倒是拿手好戲，免得兩位姑娘一路之上多費口舌，應付騾夫、車夫、店小二這些人物。」

方怡見難再推辭，說道：「徐老爺子這番盛意，不知如何報答才好。」

徐天川哈哈大笑，道：「報甚麼答？不瞞兩位姑娘說，我對咱們這位韋香主，當眞佩服得不得了，別瞧他年紀輕輕，實在是神通廣大。他既救了我老命，昨天又給老頭子出了口胸中惡氣，我心中正在嘀咕，怎生想法子好好給他多辦幾件事才好，那想他今天就交給了我這樁差使。兩位姑娘就算不許我陪著，老頭兒也只好不識相，一路之上做個先行官，逢山開路，遇水搭橋，侍候兩位平安到達石家莊。別說從北京到石家莊只幾天路程，韋香主倘若吩咐老頭兒跟隨兩位上雲南去，那也是說去便去，送到爲止。」

沐劍屏見他模樣雖然猥瑣，說話倒很風趣，問道：「他昨天給你出了甚麼氣？昨天，他……他不是在皇宮裏麼？」

徐天川笑道：「吳三桂那奸賊手下有個狗官，叫作盧一峯。他將老頭兒拿了去，拷打辱罵，還拿張膏藥封住我的嘴巴，幸得令兄派人救了我出來。韋香主答允我說，他定當叫人打斷這狗官的雙腿。我想吳三桂的狗兒子這次來京，手下帶的能人極多。盧一峯這廝上次吃過我的苦頭，學了乖，再也不敢獨自出來，咱們要報仇，可不這麼容易。那知昨天我在西城種德堂藥材鋪，見到一個做跌打醫生的朋友，說起平西王狗窩裏派人抬了一個狗官，到處找跌打醫生。事情可也眞怪，跌打醫生找了一個又一個，一共找了二三十人，卻又不讓醫治，只跟他們說，這狗官名叫盧一峯，胡塗混蛋，平西王的狗兒子親自拿棍子打斷了他一雙狗腿，要他痛上七日七夜，不許醫治。」

方怡和沐劍屏都十分奇怪，問韋小寶：「那是甚麼道理？」韋小寶道：「這狗官得罪了徐三哥，自然要叫他多吃點兒苦頭。」沐劍屏道：「平西王狗窩裏的人，卻幹麼又將他抬來抬去，好讓衆人得知？」韋小寶道：「吳應熊這小子是要人傳給我聽，我叫他打斷這狗官的腿，他已辦妥了。」沐劍屏更是奇怪，問道：「他又爲甚麼要聽你的話？」韋小寶微笑道：「我胡說八道，騙了他一番，他就信啦。」

徐天川道：「我本想趕去將他斃了，但想這狗官給人抬著遊街示衆，斷了兩條腿又不許治，如去殺了他，反倒便宜了這廝。昨天下午我親眼見到了他，一條狗命十成中倒已去了九成，褲管捲了起來，露出兩條斷腿，又腫又紫，痛得只叫媽。兩位姑娘，你說老頭兒心中可有多痛快？」

這時高彥超已僱了三輛大車，在門外等候。他也是天地會中的得力人物，但會中規矩，大家幹的是殺頭犯禁之事，如非必要，越少露相越好，是以沒給方沐二人引見。

韋小寶尋思：「我包袱之中一共已有五部《四十二章經》，這些書有甚麼用，我是一點也不知道，但這許多人拚了性命偷盜搶奪，其中一定大有緣故，帶在身上趕路，可別失落了。」沉吟半晌，有了計較，向高彥超悄悄的道：「高大哥，我在宮裏有個要好兄弟，給韃子侍衛們殺了，我帶了他的骨灰出來，要好好給他安葬。請你即刻差人去買口棺木。」

高彥超答應了，心想韋香主的好友爲韃子所殺，那必是反清義士，親自去選了一口上好柳州木棺材。他知這位韋香主手面甚闊，將他所給的三百兩銀子使得只賸下三十幾兩，除了棺木之外，其他壽衣、骨灰罈、石灰、綿紙、油布、靈牌、靈幡、紙錢等物一應俱全，盡是最佳之物，又給方沐二女買了改換男裝的衣衫鞋帽、途中所用的乾糧點心，還叫了一名仵作、一名漆匠。待得諸物抬到，韋小寶和二女都已睡了兩個時辰。

韋小寶先換上常人裝束，心道：「我奉旨去五台山公幹，這可有得忙了，怎麼還有時候練武功？師父這部武功秘訣，可別給人偷了去。」當下將五部經書連同師父所給的武功秘訣，以油布一層一層的包裹完密，到灶下去捧了一大把柴灰，放入骨灰罈，心想：「最好棺材之中放一具眞的屍首，那麼就算有人開棺查檢，也不會起疑。只不過一時三刻，也找不到個壞人來殺了。」於是蘸些淸水，抹在眼中臉上，神情悲哀，雙手捧了油布包和骨灰罈，走到後廳，將包裹和骨灰罈放入棺材，跪了下來，放聲大哭。

徐天川、高彥超，以及方沐二女都已候在廳上，見他跪倒痛哭，那有疑心，只道確是他好友的骨灰，也都跪倒行禮。韋小寶見過死者家屬向弔祭者還禮的情形，搶到棺木之側，跪下向四人磕頭還禮。眼看仵作放好綿紙、石灰等物，釘上了棺蓋。漆匠便開始油漆。

高彥超問道：「這位義士尊姓大名？好在棺木上漆書他的名號。」韋小寶道：「他……他……他……」抽抽噎噎的不住假哭，心下尋思，說道：「他叫史桂棟。」那是將史松、小桂子、瑞棟三人的名字各湊一字，心道：「我殺了你們三人，現下向你們磕頭，焚化紙錢給你們在陰世使用，你們三個冤鬼，總不該纏上我了罷？」

沐劍屏見他哭得悲切，勸慰道：「滿淸韃子殺死我們的好朋友，總有一日要將他們殺得乾乾淨淨，給好朋友報仇雪恨。」韋小寶哭道：「韃子自然要殺，這幾位好朋友的仇，卻萬萬報不得。」沐劍屏睜大了一雙秀目，怔怔的瞧著他，心想：「爲甚麼報不得？」

四人休息了一會，和高彥超作別上道。韋小寶道：「我送你們一陣。」方沐二人臉上均現喜色。

二女坐了一輛大車，韋小寶和徐天川各坐一輛。三輛大車先出東門，向東行了數里，這才折而向南。又行得七八里，來到一處鎭甸，徐天川吩咐停車，說道：「送君千里，終須一別，天色已經不早，咱們在這裏喝杯茶，這就分手罷！」

走進路旁一間茶館，店伙泡上茶來，三名車夫坐了另一桌。

徐天川心想韋香主他們三人必有體己話要說，背負著雙手，出去觀看風景。

沐劍屏道：「桂……桂大哥，你其實姓韋，是不是？怎麼又是甚麼香主？」韋小寶笑道：「我姓韋，名叫小寶，是天地會青木堂香主。到這時候，可不能再瞞你們了。」沐劍屏嘆道：「唉！」韋小寶問道：「爲甚麼嘆氣？」沐劍屏道：「你是天地會青木堂香主，怎地……怎地到皇宮中去做了太監，那不是……那不是……」

方怡知道她要說「可惜之極」，一來此言說來不雅，二來不願惹起韋小寶的愁思，插嘴道：「英雄豪傑爲了國家大事，不惜屈辱自身，教人十分佩服。」她料想韋小寶必是奉了天地會之命，自殘身體，入宮臥底，確然令人敬佩。

韋小寶微微一笑，心想：「要不要跟她們說我不是太監？」忽聽得徐天川大聲喝道：「好朋友，到這時候還不露相嗎？」伸手向右首一名車夫的肩頭拍了下去。

徐天川的右掌剛要碰上那車夫肩頭，那人身子一側，徐天川右掌已然拍空，他左拳卻已向車夫右腰擊到。那車夫反手勾推，將這拳帶到了外門。徐天川右肘跟著又向他後頸壓落。那車夫右手反揚，向徐天川頂門虛擊，徐天川手肘如和他頭頸相觸，便有如將自己頭頂送到他手掌之下，立即雙足使勁，向後躍開。他連使三招，掌拍、拳擊、肘壓，都是十分凌厲的手法，可是那車夫竟都輕描淡寫的一一化開。

徐天川又驚又怒，料想這人定是大內好手，奉命前來拿人，當下左手連揮，示意韋小寶等三人快逃，自己與敵人糾纏，讓他們三人有脫身之機。可是他們三人那肯不顧義氣？方怡身上有傷，難以動手，韋小寶和沐劍屏都拔出兵刃，便要上前夾擊。

那車夫轉過身來，笑道：「八臂猿猴好眼力！」聲音頗爲尖銳。四人見他面目黃腫，衣衫污穢，形貌醜陋，一時間也瞧不出多少年紀。徐天川聽他叫出自己外號，心下更驚，抱拳道：「尊駕是誰？幹麼假扮車夫，戲弄在下？」

那車夫笑道：「戲弄是萬萬不敢。在下與韋香主是好朋友，得知他出京，特地前來相送。」韋小寶搔了搔頭，道：「我……我可不認得你啊。」那車夫笑道：「我二人昨晚還聯手共抗強敵，你怎地便忘了？」韋小寶恍然大悟，說道：「啊，你……你是陶……陶……」將匕首插入靴筒，奔過去拉住她手，才知車夫是陶宮娥所喬裝改扮。

陶宮娥臉上塗滿了牛油水粉，旁人已難知她喜怒，但見她眼光中露出喜悅之色，道：「我怕韃子派人阻截，因此喬裝護送一程，不料徐大哥好眼力，可瞞不過他的法眼。」

徐天川見了韋小寶的神情，已知此人是友非敵，又歡喜，又慚愧，拱手道：「尊駕武功高強，佩服，佩服！韋香主人緣眞好，到處結交高人。」陶宮娥笑道：「不敢！請問徐大哥，我的改裝之中，甚麼地方露了破綻？」徐天川道：「破綻是沒有。只不過一路之上，我見尊駕揮鞭趕騾，不似尋常車夫。尊駕手腕不動，鞭子筆直伸了出去，手肘不抬，鞭子已縮回來。這一份高明武功，北京趕大車的朋友之中，只怕還沒幾位。」五人都大笑起來。

徐天川笑道：「在下倘若識相，見了尊駕這等功夫，原不該再伸手冒犯，只不過老頭子就是不知好歹，那也沒法子。」陶宮娥道：「徐大哥言重了，得罪莫怪。」徐天川抱拳道：「不敢，請問尊姓大名。」

韋小寶道：「這位朋友姓陶，跟兄弟是……生死之交。」陶宮娥正色道：「不錯，正是生死之交。韋香主救過我性命。」韋小寶忙道：「前輩說那裏話來？咱們只不過合力殺了個大壞蛋而已。」陶宮娥微微一笑，道：「韋兄弟、徐大哥、方沐二位，咱們就此別過。」一拱手，便躍上大車趕車的座位。

韋小寶道：「陶……陶大哥，你去那裏？」陶宮娥笑道：「我從那裏來，回那裏去。」韋小寶點頭道：「好，後會有期。」眼見她趕著大車，逕自去了。

沐劍屏問道：「徐老爺子，這人武功真的很高嗎？」徐天川道：「武功了得！她是個女子，更加了不起。」沐劍屏奇道：「她是女子？」徐天川道：「她躍上大車時扭動腰身，姿式固然好看，但不免扭扭捏捏，那自然是女子。」沐劍屏道：「她說話聲音很尖，也不大像男人。韋大哥，她……她本來的相貌好看麼？」韋小寶道：「四十年前或許好看的。但你就算再過四十年，仍比現今的她好看得多。」沐劍屏笑道：「怎麼拿我跟她比了？原來她是個老婆婆。」

韋小寶想到便要跟她們分手，不禁黯然，又想孤身上路，不由得又有些害怕。從揚州來到北京，是跟茅十八這江湖行家在一起；在皇宮之中雖迭經凶險，但人地均熟，每到緊急關頭，往往憑著一時急智而化險爲夷，此去山西五台山，這條路固然從未走過，前途更一人不識。他從未單身行過長路，畢竟還是個孩子，難免膽怯。一時想先回北京，叫高彥超陪同前去五台山，卻想這件事有關小玄子的身世，如讓旁人知道了，可太也對不起好朋友。

徐天川只道他仍回北京，說道：「韋香主，天色不早，你這就請回罷，再遲了只怕城門關了。」韋小寶道：「是。」方怡和沐劍屏都道：「盼你辦完事後，便到石家莊來相見。我們等著你。」韋小寶點點頭，心中甜甜地、酸酸地，說不出話來。

徐天川請二女上車，自己坐在車夫身旁，趕車向南。韋小寶見方沐二女從車中探頭出來，揮手相別。大車行出三十餘丈，轉了個彎，便給一排紅柳樹擋住，再也不見了。

韋小寶上了胯下的一輛大車，命車夫折而向西，不回北京城去。那車夫有些遲疑，韋小寶取出十兩銀子，說道：「十兩銀子僱你三天，總夠了罷？」車夫大喜，忙道：「十兩銀子僱一個月也夠了。小的好好服侍公子爺，公子爺要行便行，要停便停。」

當晚停在北京西南二十餘里一處小鎮，在一家小客店歇宿。韋小寶抹身洗腳，沒等到吃晚飯，便已倒在炕上睡著了。

次晨醒轉，只覺頭痛欲裂，雙眼沉重，半天睜不開來，四肢更酸軟無比，難以動彈，便如在夢魘中一般。他想張口呼叫，卻叫不出聲，一張眼，卻見地下躺著三人。他大吃一驚，呆了半晌，定了定神，慢慢掙扎著坐起，只見炕前坐著一人，正笑吟吟的瞧著他。

韋小寶「啊」的一聲。那人笑道：「這會兒才醒嗎？」正是陶宮娥。

韋小寶這才寬心，說道：「陶姊姊，陶姑姑，這……這是怎麼回事？」陶宮娥微笑道：「你瞧瞧這三個是誰。」韋小寶爬下炕來，腿間只一軟，便已跪倒，當即後仰坐地，伸手支撐，這才站起，見地下三人早已死了，卻都不識，說道：「陶姑姑，是你救了我性命？」

陶宮娥笑道：「你到底叫我姊姊呢，還是姑姑？可別沒上沒下的亂叫。」韋小寶笑道：「你是姑姑，陶姑姑！」陶宮娥微笑道：「你一個人行路，以後飲食可得小心些，若跟那八隻手的老猴兒在一起，決不能上了這當。」韋小寶道：「我昨晚給人下了蒙汗藥？」陶宮娥道：「差不多罷。」

韋小寶想了想，說道：「多半茶裏有古怪，喝上去有點酸味，又有些甜甜的。」心想：「我自己身上帶著一大包蒙汗藥，卻去吃人家的蒙汗藥。他媽的，我這次不嚐嚐蒙汗藥的滋味，又怎知是酸酸甜甜的？」問道：「這是黑店？」陶宮娥道：「這客店本來是白的，你住進來之後，就變黑了。」韋小寶仍頭痛欲裂，伸手按住額頭，道：「這個我可不懂了。」

陶宮娥道：「你住店後不久，就有人進來，綁住了店主夫婦跟店小二，將這間白店改了黑店。一名賊人剝下店小二的衣衫穿了，在茶壺裏撒了一把藥粉，送進來給你。我見你正在換衣服，想等你換好衣服之後，再出聲示警，不料你又除了衣衫抹身。等我過了一會再來看你，你早已倒了茶喝過了。幸虧這只是蒙汗藥，不是毒藥。」

韋小寶登時滿臉通紅，昨晚自己抹身之時，曾想像如果方怡當眞做了自己老婆，緊緊抱著她，那是怎麼一股滋味，當時情思蕩漾，情狀不堪。陶宮娥年紀雖已不小，畢竟是女子，隔窗見到如此醜態，自不能多看。

陶宮娥道：「昨日我跟你分手，回到宮裏，見內外平靜無事，並沒爲太后發喪。我自是十分奇怪，匆匆改裝之後，到慈寧宮外察看，見一切如常，原來太后並沒死。這一下可不對了。我本想太后一死，咱二人仍可在宮中混下去，昨晚這一刀既沒刺死她，那就非得立即出宮不可，還得趕來通知你，免得你撞進宮來，自己送死。」

韋小寶假作驚異，大聲道：「啊，原來老婊子沒死，那可糟糕。」心下微感慚愧：「昨日匆忙之間，忘了提起，我以爲你早知道了。」

陶宮娥道：「我剛轉身，見有三名侍衛從慈寧宮裏出來，形跡鬼鬼祟祟，心想多半是太后差他們去捉拿我的，但見他們並不是朝我的住處走去，當時也沒工夫理會，回到住處收拾收拾，又改了裝，從御膳房側門溜出宮來。」

韋小寶微笑道：「原來姑姑裝成了御膳房的蘇拉。」御膳房用的蘇拉雜役最多，劈柴、抬煤、殺鷄、洗菜、燒火、洗鍋等等雜務，均由蘇拉充當，這些人在御膳房畔出入，極少有人留意。

陶宮娥道：「我一出宮，便見到那三名侍衛，已改了裝束，背負包袱，各牽馬匹，顯然是有遠行。」韋小寶「啊」了一聲，伸左足向一具死屍踢了一腳，道：「便是這三位開黑店的朋友了？」陶宮娥微笑道：「那可得多謝這三位朋友，若不是他們引路，我怎又找得到你？誰料得到你會繞道向西？他們出城西行，一路上打聽，可見到個十三四歲的少年單身上道，果然是奉太后之命拿你。傍晚時分，他們查到了這裏，我也就跟到了這裏。」

韋小寶心下感激，道：「若不是姑姑相救，此刻我連閻羅王的問話也答不上來啦。他問：『韋小寶，你怎麼死的？』我只好說：『回大王，胡裏胡塗，莫名其妙！』」

陶宮娥在深宮住了數十年，平時極少和人說話，聽韋小寶說話有趣，笑道：「這孩子！閻羅王定說：『拉下去打屁股！』」韋小寶笑道：「可不是麼？閻羅老爺鬍子一翹，喝道：『活著胡裏胡塗，莫名其妙，也就罷了，怎麼死了也胡裏胡塗？我這裏倘若都是胡塗鬼，我豈不變成胡塗閻羅王？』」兩人都哈哈大笑。

韋小寶問道：「姑姑，後來怎樣？」

陶宮娥道：「我聽他們在灶下低聲商議，一人說：『太后聖諭，這小鬼能活捉最好，否則就一刀殺了，可是他身上攜帶的東西，得盡數帶回去呈繳，一件也不許短少。』另一人道：『這小鬼膽敢偷盜太后日日念誦的佛經，當眞活得不耐煩了，難怪太后生氣。太后吩咐，最要緊的就是那幾部佛經。』小兄弟，你當眞拿了太后的佛經麼？是你們總舵主叫你拿的，是不是？」說著目不轉瞬的凝視著他。

韋小寶突然明白：「是了，她在太后房中找尋的，正是這幾部《四十二章經》。」臉上裝作迷惘一片，道：「甚麼佛經？我們總舵主不拜菩薩。我從來沒見他唸過甚麼經。」

陶宮娥武功雖高，但自幼便在禁宮，於人情世故所知極少。兩人雖然同在皇宮，韋小寶日日和皇帝、太后、王公大官、侍衛太監見面，時時刻刻在陰謀奸詐之間打滾，練得機伶無比，周身是刀；陶宮娥卻只和兩名老宮女相伴，一年之間也難得說上幾十句話，此外甚麼人也不見。兩人機智狡獪之間的相差，比之武功間的差距尤遠。她見韋小寶天眞爛漫，心想：「我剛救了他性命，他心中對我感激之極，小孩子又會說甚麼假話？何況我已親自查過他的包袱。」點了點頭，道：「我見他們打開你的包袱細查，見到許多珠寶，又有幾十萬兩銀子的銀票，好生眼紅，商量著如何分贓。我聽著生氣，便進來一起都料理了。」

韋小寶罵道：「他媽的，原來太后這老婊子知道我有錢，派了侍衛來謀財害命。又下蒙汗藥，又開黑店，這老婊子淨幹下三濫的勾當，眞不是東西。」

陶宮娥道：「那倒不是。太后要的只是佛經，不是珠寶銀子。那幾部佛經事關重大，我想會不會你交了給徐天川和那兩位姑娘，帶到石家莊去收藏？心想敵人已除，就讓你多休息一會。當下騎了馬向南趕去，在一家客店外找到了他們的大車。本想悄悄的查上一查，可是這位『八臂猿猴』機警之至，我一踏上屋頂，他就知道了，說不得，只好再動一次手。」

韋小寶道：「他不是你對手。」陶宮娥道：「我本不想得罪你們天地會，可是沒法子。我將他點倒後，說了許多道歉的話，請他別生氣。小兄弟，下次你見到他，再轉言幾句，說我實是出於無奈。我在他三人的行李之中查了一遍，連那輛大車也拆開來查過了，甚麼也沒查到，便解開了他們穴道，趕著騎馬回來。」

韋小寶道：「原來我胡裏胡塗、莫名其妙之時，你卻去辦了這許多事。陶姑姑，你怎知道我是天地會的？」陶宮娥微笑道：「我給你們趕了這半天車，怎會聽不到你們說話？你小小年紀便做了青木堂香主，這在天地會中是挺大的職份，是不是？」

韋小寶甚是得意，笑道：「也不算小了。」

陶宮娥沉吟半晌，問道：「你跟隨皇帝多時，可曾聽到他說起過甚麼佛經的事？」

韋小寶道：「說起過的。太后和皇上好像挺看重這些勞什子的佛經。其實他媽的有甚麼用？太后做人這樣壞，就算一天唸一萬遍阿彌陀佛，菩薩也不會保祐……」陶宮娥不等他說完，忙問：「他們說些甚麼？」韋小寶道：「皇上派我跟索額圖大人到鰲拜府裏查抄，叮囑我一定要抄到兩部四甚麼經，好像有個『二』字，又有個『十』字的。」

陶宮娥臉上露出興奮之情，道：「對，對！是《四十二章經》，你抄到了沒有？」

韋小寶道：「我瞎字不識，知道他甚麼四十二章經，五十三章經？後來索大人找到了，我拿去交給太后。她歡喜得很，賞了我許多糖果糕餅。他媽的，老婊子眞小氣，不給金子銀子，當我小孩子哄，只給我糖果糕餅。早知她這樣壞，那兩部經書我早丟在御膳房灶裏，當柴燒了……」

陶宮娥忙道：「燒不得，燒不得！」韋小寶笑道：「我也知燒不得，皇上一問索大人，西洋鏡就拆穿了。」陶宮娥沉吟道：「這樣說來，太后手裏至少有兩部《四十二章經》？」韋小寶道：「恐怕有四部。」陶宮娥道：「有四部？你……你怎麼知道？」韋小寶道：「前天晚上我躲在她床底下，聽她跟那個男扮女裝的宮女說起，她本來就有一部，從鰲拜家裏抄去了兩部，她又差御前侍衛副總管瑞棟，在一個甚麼旗主府中又去取了一部來。」

陶宮娥道：「正是，聽說是從鑲紅旗旗主和察博統領府裏取來的。那麼她手裏共有四部了，說不定有五部、六部。」站起來走了幾步，說道：「這些經書十分要緊，小兄弟，我眞盼你能助我，將太后那幾部《四十二章經》都盜了出來。」韋小寶沉吟道：「老婊子如果傷重，終於活不成，這幾部經書，恐怕會帶進棺材裏去。」陶宮娥道：「不會的，決計不會。我卻躭心神龍教教主棋高一著，捷足先得，這就糟了。」

「神龍教教主」這五字，韋小寶卻是第一次聽見，問道：「那是甚麼人？」

陶宮娥不答他的問話，在房中踱步兜了幾個圈子，見窗紙漸明，天色快亮，轉過身來，道：「這裏說話不便，唯恐隔牆有耳，咱們走罷！」將三具屍首提到客店門外，放入大車。這三人都是給她以重手震死，並沒流血，倒十分乾淨，說道：「店主人和你的車夫都給他們綁著，讓他們自行掙扎罷。」和韋小寶並坐在車夫位上，趕車向西。

行得七八里，天已大明，陶宮娥將三具屍首丟在一個亂墳堆裏，拿幾塊大石蓋住了，回到車上，說道：「咱們在車上一面趕路，一面說話，不怕給誰聽了。」

韋小寶笑道：「也不知道車子底下有沒有人？」陶宮娥一驚，說道：「對，你比我想得周到。」一揮鞭子，馬鞭繞個彎兒，唰的一聲，擊到車底。她連擊三記，確知無人，笑道：「這些江湖上防人的行徑，我可一竅不通了。」韋小寶道：「那我更是半竅不通了。你總比我行些，否則昨兒晚便救不了我。」

這時大車行在一條大路之上，四野寂寂。陶宮娥緩緩的道：「你救過我性命，我也救過你性命，咱們算得是生死患難之交。小兄弟，按年紀說，我做得了你娘，承你不棄，叫我一聲姑姑，你肯不肯眞的拜我爲姑母，算是我的姪兒？」

韋小寶心想：「做姪兒又不蝕本，反正姑姑早已叫了。」忙道：「那好極了。本來我叫你作娘也挺好，不過有一件事說來十分倒霉，你知道之後，恐怕不要我這個姪兒了。」陶宮娥問道：「甚麼事？」韋小寶道：「我沒爹爹，我娘是在窯子裏做婊子的。」

陶宮娥一怔，隨即滿臉堆歡，喜道：「好姪兒，英雄不怕出身低。咱們太祖皇帝做過和尙，做過無賴流氓，也沒甚麼相干。你連這等事也不瞞我，足見你對姑姑一片眞心，我自然也是甚麼都不瞞你。」

韋小寶心想：「我娘做婊子，茅十八茅大哥是知道的，終究瞞不了人。要騙出人家心裏的話，總得把自己最見不得人的事先抖了出來。」當即叫停了大車，躍下地來，跪倒磕頭，說道：「姪兒韋小寶，拜見我的親姑姑。」

陶宮娥數十年寂居深宮，從無親人，連稍帶情誼的言語也沒聽過半句，忽聽韋小寶叫得如此親熱，不由得心頭一酸，忙下車扶起，笑道：「好姪兒，從此之後，我在這世上多了個親人……」說到這裏，忍不住流下淚來，一面笑，一面拭淚，道：「你瞧，這是大喜事，你姑姑卻流起眼淚來。」

兩人回到車上，陶宮娥右手握韁，左手拉住韋小寶的右手，讓騾子慢慢一步步走著，說道：「好姪兒，我姓陶，那是眞姓，我閨名叫做紅英，打從十二歲上入宮，第二年就服侍公主。」韋小寶道：「公主？」陶紅英道：「是，公主，我大明崇禎皇帝陛下的長公主。」韋小寶道：「啊，原來姑姑還是大明崇禎皇帝時候進宮的。」

陶紅英道：「正是，崇禎皇帝出宮之時，揮劍斬斷了公主的臂膀。我聽到公主遭難的訊息，奔出去想救她，心慌意亂，重重摔了一交，額頭撞在階石上，暈了過去。等到醒轉，陛下和公主都已不見了，宮中亂成一團，誰也沒來理我。不久闖賊進了宮，後來滿淸韃子趕跑了闖賊，又佔了皇宮。唉，那是許多年前的事了。」

韋小寶問道：「公主不是崇禎皇爺親生的女兒麼？爲甚麼要砍她手臂？」陶紅英又嘆了口氣，道：「公主是崇禎皇爺的親生女兒，她是最得皇上寵愛的。這時京城已破，賊兵已經進城，皇上決心殉難，他生怕公主爲賊所辱，因此要先殺了公主。」

韋小寶道：「原來這樣。要殺死自己親生女兒，可還眞不容易。聽說崇禎皇爺後來是在煤山吊死的，是不是？」

陶紅英道：「我也是後來聽人說的。吳三桂引韃子兵進關，打走了闖賊，霸佔了我大明江山。宮裏的太監宮女，十之八九都放了出去，說是怕靠不住。那時我年紀還小，那一摔受傷又重，躺在黑房裏，也沒人來管。直到三年多之後，才遇到我師父。」

韋小寶道：「姑姑，你武功這樣高，你師父他老人家的武功自然更加了不起啦。」

陶紅英道：「我師父說，天下能人甚多，咱們的武功也算不了甚麼。我師父是奉了我太師父之命，進宮來當宮女的。」揮鞭在空中虛擊了一鞭，噼啪作響，續道：「我師父進宮來的用意，便是爲了那八部《四十二章經》。」

韋小寶問道：「一共八部？」陶紅英道：「一共八部。滿洲八旗，黃紅白藍，正四旗、鑲四旗，每一旗的旗主各有一部，共有八部。」

韋小寶道：「這就是了。我見到鰲拜家裏抄出來的那兩部經書，書套子的顏色不同，一部是黃套子鑲了紅邊兒，另一部是白套子的。」

陶紅英道：「原來八部經書的套子，跟八旗的顏色相同，我可從來沒見過。」

韋小寶尋思：「我從康親王府裏偷來一部正紅旗的，從太后那裏拿來了三部，加上瑞棟那部，我手裏共有了五部，還缺三部。這八部經書到底有甚麼古怪，姑姑一定知道，得想法子套問出來。」他假作痴呆，說道：「原來你太師父他老人家也誠心拜菩薩。宮裏的佛經，那自然特別貴重，有人說是用金子水來寫的。」

陶紅英道：「那倒不是。好姪兒，我今天給你說了，你可說甚麼也不能洩漏出去。你發個誓來。」

發誓賭咒，於韋小寶原是稀鬆平常之極，上午說過，下午就忘了，下午說過，沒等睡覺就忘了，何況八部經書他已得其五，怎肯將其中秘密輕易告人？忙道：「皇天后土，韋小寶如將《四十二章經》中的秘密洩漏了出去，日後糟糕之極，死得跟老婊子那個男扮女裝的王八蛋師兄一模一樣。」心想：「要我男扮女裝，跟老婊子去睡覺，這種事萬萬不會做。那就決不能跟這王八蛋師兄死得一模一樣。」發了誓日後要應，他倒是信的，因此賭咒發誓之時，總得留下事後地步。

陶紅英一笑，說道：「這個誓倒挺新鮮古怪。我跟你說，滿淸韃子進關之時，並沒想到竟能得到大明江山。滿洲人很少，兵也不多，他們只盼能長遠佔住關外之地，便已心滿意足了，因此進關之後，八旗兵一見金銀珠寶，放手便搶。這些財寶，他們都運到了關外，收藏起來。當時執掌大權的是順治皇帝的叔父攝政王，但是滿洲八旗，每一旗都各有勢力。當時八旗旗主會議，將收藏財物的秘密所在，繪成地圖，由八旗旗主各執一幅……」

韋小寶站起身來，大聲道：「啊，我明白了！」喜不自勝。大車一動，他又坐倒，說道：「這八幅地圖，便藏在那八部《四十二章經》中。」

陶紅英道：「好像也並非就是這樣。到底眞相如何，只有當時這八旗旗主才明白，別說我們漢人中沒人知曉，連滿洲的王公大臣，恐怕也極少知道。我師父說，滿洲人藏寶的那座山，是他們龍脈的所在。滿洲人所以能佔我大明江山，登基爲皇，全靠那座山的龍脈。」韋小寶問道：「甚麼龍脈？」

陶紅英道：「那是一處風水極好的地方，滿洲人的祖先葬在那山裏，子孫大發，來到中國做了皇帝。我師父說，咱們如能找到那座寶山，將龍脈截斷，再挖了墳，那麼滿洲人非但做不成皇帝，還得盡數死在關內。這座寶山如此要緊，因此我太師父和師父花盡心血，要找到山脈的所在。這個大秘密，便藏在那八部《四十二章經》之中。」

韋小寶道：「他們滿洲人的事，姑姑，你太師父又怎會知道？」

陶紅英道：「這件事說來話長。我太師父原是錦州的漢人女子，給韃子擄了去。那韃子是鑲藍旗的旗主。我太師父說，韃子進關之後，見到我們中國地方這樣大，人這樣多，又歡喜，又害怕。八旗旗主接連會議多日，在會中口角爭吵，拿不定主意。」

韋小寶問道：「爭吵甚麼？」陶紅英道：「有的旗主想佔了整個中國。有的旗主卻說，漢人這樣多，倘若造起反來，一百個漢人打一個旗人，旗人那裏還有性命？不如大大的搶掠一番，退回關外，穩妥得多。最後還是攝政王拿了主意，他說，一面搶掠，將金銀珠寶運到關外收藏，一面在中國做皇帝，如漢人起來造反，形勢危急，旗人便退出山海關。」

韋小寶道：「原來當時滿洲人，對我們漢人實在也很害怕。」

陶紅英道：「怎麼不怕？他們現在也怕，只不過我們不齊心而已。好姪兒，韃子小皇帝很喜歡你，如你能探到那八部經書的所在，咱們把經書盜了出來，去破了韃子的龍脈，那些金銀財寶，便可做爲義軍的軍費。咱們只要一起兵，淸兵便會嚇得逃出關去。」

韋小寶對於破龍脈、起義兵並不怎麼熱心，但想到那座山中藏有無數金銀財寶，不由得怦然心動，問道：「姑姑，這寶山的秘密，當眞是在那八部經書之中？」

陶紅英道：「我太師父對我師父說，那鑲藍旗旗主有一天喝醉了，向他小福晉說，他將來死後，要將一部經書傳給小福晉的兒子，不傳給大福晉的兒子。小福晉很不高興，說一部佛經有甚麼希罕？那旗主說，這是咱們八旗的命根子，比甚麼都要緊，約略說起這部佛經的來歷。太師父在窗外聽到了，才明白其中道理。後來太師父練成了武功，我師父也已跟她老人家學藝多年，太師父便出手盜經，卻因此給人打得重傷，臨死之前，派我師父混進宮來做宮女，想法子盜經。鑲藍旗旗主府裏有武功高手，只道到宮裏盜經容易得手。豈知師父進宮不久，發覺宮禁森嚴，要盜經書更加千難萬難。她跟我挺說得來，又聽我說起大明公主的事，心懷舊主，便收了我做弟子。」

韋小寶道：「怪不得老婊子千方百計的，要弄經書到手。她是滿洲人，不會去破龍脈，想來是要得寶山中的金銀財寶。不過她旣是太后，要甚麼有甚麼，又何必要甚麼財寶？」又想：「那麼海老烏龜又幹麼念念不忘的，總是要我到上書房偷經書？嗯，他不會當眞想要經書的，或者是想誘我上當，招出是誰主使我毒瞎他眼睛，或者是想由此查到害死端敬皇后的兇手。他心裏多半認定，主使者跟兇手就是同一人。要騙得海老烏龜吐露心事，現下我可沒這本事，閻羅王只怕也辦不了。」

陶紅英那猜得到韋小寶的心思轉到了海大富身上，說道：「說不定那寶山之中另有甚麼古怪，連太師父也不知道的。師父在宮裏不久就生病死了。她老人家臨死之時千叮萬囑，要我設法盜經，又說，盜經之事萬分艱難，以我一人之力未必可成，要我在宮裏收一個可靠的弟子，將經書的秘密流傳下去。這一代不成，下一代再幹，可別讓這秘密給湮沒了。」

韋小寶道：「是，是！這個大秘密倘若失傳，那許許多多金銀財寶，未免太……太可惜了。」陶紅英道：「金銀財物倒也不打緊，但如讓滿洲人世世代代佔住我們漢人江山，那才是最大的恨事。」

韋小寶道：「姑姑說得不錯。」心中卻道：「這成千成萬的金銀財寶，倘若不拿出來大花一下，那才是最大的恨事。」他年紀幼小，清兵屠殺漢人百姓的慘事，只從大人口中聽到，並未親歷。在宮中這些時候，滿洲人只太后一人可恨，海大富雖曾陰謀加害，畢竟是自己害他的多，他害自己的少。其餘自皇帝以下，個個待他甚好，也不覺得滿洲人如何兇惡殘暴。他也知道，自己若不是得到皇帝寵愛，那些滿洲親貴大臣決不會對他如此親熱、如此奉承，但究竟見到滿洲人和藹的多，兇暴的少，是以種族之仇、家國之恨，心中卻是頗淡。

陶紅英道：「在宮中這些年來，我也沒收到弟子。我見到的宮女本已不多，所遇到的，不是蠢笨胡塗，便是妖媚小氣，天天只盼望如何能得皇帝臨幸，從宮女升爲嬪妃。我們這個大秘密，又怎能跟這等人說？近幾年來我常常躭心，這般躭誤下去，經書的所在固然得不到線索，連好弟子也收不到一個。將來我死之後，將這大秘密帶入了棺材，滿洲人坐穩江山，對不起太師父和師父那不用說了，更成爲漢人的大罪人。好姪兒，我無意之中和你相遇，跟你說了這件大事，心裏實在好生歡喜。」

韋小寶道：「我也好歡喜，不過經書甚麼的，倒不放在心上。」陶紅英道：「那你爲甚麼歡喜？」韋小寶道：「我沒親人，媽媽是這樣，師父又難得見面，現下多了個親姑姑、好姑姑，自然歡喜得緊了。」

他嘴頭甜，哄得陶紅英十分高興。她微笑道：「我得了個好姪兒，也歡喜得緊。」隔了一會，問道：「你師父是誰？」

韋小寶道：「我師父便是天地會的總舵主，姓陳，名諱上近下南。」

陶紅英連陳近南這樣鼎鼎大名的人物也是首次聽見，點了點頭，道：「你師父既是天地會總舵主，武功必定十分了得。」韋小寶道：「只不過我跟隨師父時候太短，學不到甚麼功夫。好姑姑，你傳我一些好不好？」陶紅英躊躇道：「你如從來沒學過武功，我自會將我所知所學，盡數傳你。只是你師父的武功，跟我這一派多半全然不同，學了只怕反而有害。依你看來，你師父跟我比較，誰的武功強些？」

韋小寶說要她傳授武功，原不過信口討她歡心，倘若陶紅英當眞答允傳授，他反而要另外尋些因頭來推托了。一學武功，五台山一時便去不成，何況他性好遊蕩玩耍，絕無耐心學武，聽她這樣問，乘機便道：「姑姑，在你面前，我可不能說謊。」陶紅英道：「小孩子自然是誠實的好。」韋小寶道：「我曾見師父跟一個武功很好的人動手，只三招便將他制住了，那人輸得服服貼貼。姑姑，恐怕你還不及我師父。」

陶紅英微笑道：「是啊，我也相信遠遠不及。我跟那個假扮宮女的男人比拚，若不是你在他背上加了一劍，我早就完了。你師父那會這樣不中用？」

韋小寶道：「不過那個假宮女可眞厲害，我此刻想起來還是害怕。」

陶紅英臉上肌肉突然跳動幾下，目光中露出了恐懼的神色，雙眼前望，呆呆出神。韋小寶道：「姑姑，你不舒服麼？」陶紅英不答，似乎沒聽見。韋小寶又問了一次。陶紅英身子一顫，道：「沒……沒有！」突然「啪」的一聲，手中鞭子掉在地下。韋小寶躍下車來，拾起鞭子，飛身又躍上大車，身法甚爲乾淨利落。

他正自得意，只盼陶紅英稱讚幾句，卻見她搖了搖頭，道：「孩子，你定了下來之後，該得痛下苦功才成。眼下的功夫，在宮裏當太監是太好，行走江湖卻是太差，還不及不會絲毫武功之人。」韋小寶滿臉通紅，應道：「是！」心道：「我武功雖然不成，怎麼還不及不會武功之人？」

陶紅英道：「你如不會武功，人家也不會輕易的就來殺你。你既有武功，對方防你反擊，一出手就不容情，豈不反而糟糕？」韋小寶道：「倘若遇上開黑店、打悶棍的小賊呢？」陶紅英一呆，一時答不上來，過了一會，說道：「那也說得是，江湖之上，小賊大概比武功好手更多。」

她有些心神不定，指著右前方一株大樹，道：「我們去歇一歇再走，讓騾子吃些草。」趕車來到樹下，兩人跳下車來，並肩坐在樹根上。

陶紅英又出了一會神，忽然問道：「他有沒有說話？他有沒有說話？」韋小寶不知她問的是誰，仰起了頭瞧著她，難以回答。兩人互相瞪視，一個待對方回答，一個不知對方其意何指。

過了片刻，陶紅英又問：「你有沒有聽到他說話？有沒有見到他嘴唇在動？」韋小寶見了她這副神氣，隱隱有些害怕：「姑姑是中了邪，還是見了鬼？」問道：「姑姑，你見到誰了？」陶紅英道：「誰？那個……那個男扮女裝的假宮女。」韋小寶更加怕了，顫聲問道：「你見到了那個假宮女，在……在那裏？」

陶紅英恍如從夢中醒覺，說道：「那晚在太后房中，當我跟那假宮女打鬥之時，你有沒有聽到他開口說話？」

韋小寶吁了一口氣，說道：「嗯，你問的是那晚的事。他說了話嗎？我沒聽見。」陶紅英又沉思片刻，搖頭道：「我跟他武功相差太遠，他也用不到唸咒。」韋小寶全然摸不著頭腦，勸道：「姑姑，不用想他了，這人早給咱們殺了，活不轉啦。」

陶紅英道：「這人給咱們殺了，活不轉啦。」這句話原是自行寬慰之言，但她說話的神情卻顯得內心十分驚懼。韋小寶心想：「你武功雖好，卻是怕鬼。只殺了一個人，便這樣心神不定，何況那假宮女是我殺的，不是你殺的。你去殺老婊子，卻又殺了個半吊子，殺得她死一半，活一半，終究還是活了轉來，當眞差勁。」陶紅英道：「他已死了，自然不要緊了，是不是？」韋小寶道：「是啊，就算變了鬼，也不用怕他。」

陶紅英道：「甚麼鬼不鬼的？我躭心他是神龍教教主座下的弟子，那……那就……嗯，太后叫他作師兄，不會的，決計不會。瞧他武功，也全然不像，是不是？你眞的沒見到他出手時嘴唇在動，是嗎？」自言自語，聲音發顫，似乎企盼韋小寶能證實她猜測無誤。

韋小寶又怎分辨得出那假宮女的武功家數，卻大聲道：「不用躭心，你說得對，那假宮女的武功不像。他出手時緊閉著嘴，一句話也沒說。姑姑，神龍教教主是甚麼傢伙？」

陶紅英忙道：「神龍教洪教主神通廣大，武功深不可測，你怎麼稱他甚麼傢伙？孩子，神龍教除了洪教主，還有許許多多厲害人物，可千萬不能小覷了。」一面說話，一面東張西望，似乎唯恐身邊便有神龍教教主的部屬。

韋小寶道：「難道神龍教比我們天地會還要人多勢衆？」陶紅英搖頭道：「不同的，不同的。你們天地會反淸復明，行事光明正大，江湖上好漢人人敬重，神龍教卻大不相同。」韋小寶道：「你是說，江湖上好漢，人人對神龍教甚爲害怕？」陶紅英想了一會，道：「江湖上的事情，我懂得很少，只曾聽師父說起過一些。我太師父如此武功，卻死在神龍教弟子手下。」

韋小寶破口罵道：「他媽的，這麼說來，神龍教是咱們的大仇人，那何必怕他？」

陶紅英搖搖頭，緩緩的道：「我師父說，神龍教所傳的武功千變萬化，固然厲害之極，更加難當的，是他們教裏有許多咒語，臨敵之時唸將起來，能令對手心驚膽戰，他們自己卻越戰越勇。太師父在鑲藍旗旗主府中盜經，和幾個神龍教弟子激戰，明明已佔上風，其中一人口中唸唸有辭，太師父擊出去的拳風掌力便越來越弱，終於小腹中掌，身受重傷。我師父當時在旁，親眼得見。她說她正奮勇要上前相助，但聽了咒語之後，全身酸軟，只想跪下來投降，竟然全無鬥志。太師父受傷後，那人不再唸咒，我師父立即勇氣大增，衝過去搶了太師父逃走。她事後想起，又羞慚，又害怕，因此一再叮囑我，天下最最兇險的事，莫過於跟神龍教教下之人動手。」

韋小寶心想：「你師父是女流之輩，膽子小，眼見對方了得，便嚇得只想投降。」

說道：「姑姑，那人唸些甚麼咒，你聽見過麼？」

陶紅英道：「我……我沒聽見過。我躭心那假宮女是神龍教的弟子，因此一直問你，有沒有聽到他動手時說話？有沒有見到他嘴唇在動？」韋小寶道：「啊，原來如此！」回想當時在床底的所見所聞，說道：「完全沒有，你可有聽見？」

陶紅英道：「那假宮女武功比我高出很多，我全力應戰，對周遭一切全無所聞。只是我跟他鬥了一會，忽然害怕起來，只想逃走，事後想起，很覺奇怪。」

韋小寶問道：「姑姑，你學武以來，跟幾個人動過手？殺過多少人？」陶紅英搖頭道：「在那之前，從來沒跟人動過手，一個人也沒殺過。」韋小寶道：「這就是了。以後你多殺得幾個，再跟人動手就不會害怕了。」

陶紅英道：「或許你說得是。不過我不想跟人動手，更加不想殺人，只要能太太平平的找到那八部《四十二章經》，破了滿清韃子的龍脈，那就心滿意足了。唉，不過鑲藍旗旗主的那部《四十二章經》，十之八九已落入了神龍教手中，再要從神龍教手中奪回，可難得很了。」她臉上已加化裝，見不到她臉色如何，但從眼神之中，仍可見到她內心的恐懼。

韋小寶道：「姑姑，你入了我們的天地會可好？」心想：「你怕得這麼厲害！我天地會人多勢衆，可不怕神龍教。」陶紅英一怔，問道：「你爲甚麼要我入天地會？」韋小寶道：「天地會的宗旨是反清復明，跟你太師父、師父是一般心思。」

陶紅英道：「那本來也很好，這件事將來再說罷。我現下要回皇宮，你去那裏？」

韋小寶奇道：「你又回到皇宮去，不怕老婊子了嗎？」陶紅英嘆了口氣，道：「我從小在宮裏長大，想來想去，只有在宮裏過日子才不害怕。外面世界上的事，我甚麼也不懂。我本來怕心中這個大秘密隨著我帶進棺材，現下既已跟你說了，就算給太后殺了，也沒甚麼。再說，皇宮地方很大，我找個地方躲了起來，太后找不到我的。」

韋小寶道：「好，你回宮去，日後我一定來看你。眼下師父有事差我去辦。」

陶紅英於天地會的事不便多問，問道：「將來你回宮之後，怎地和我相見？」韋小寶道：「我回到皇宮，在火場上堆一堆亂石，在石堆上插一根木條，木條上畫隻雀兒，你便知道我回來了。當天晚上，我們便在火場上會面。」陶紅英點頭道：「很好，就是這麼辦。好孩子，江湖上風波險惡，你可得一切小心。」韋小寶點頭道：「是，姑姑，你自己也得小心，太后這老婊子心地狠毒，你千萬別上她當。」

兩人驅車來到鎮上，韋小寶另僱一車，兩人分向東西而別。韋小寶見陶紅英趕車向東，不住回頭相望，心想：「她雖不是我眞姑姑，待我可倒眞好。」

鹿鼎記(大字版) / 金庸作. -- 二版.
-- 臺北市：遠流, 2017.10
冊； 公分. -- (大字版金庸作品集；63–72)

ISBN 978-957-32-8144-3 (全套：平裝).

857.9 106016881